分享思考的快乐

身边的江湖

—— 郑世平（土家野夫）作品

廣東省出版集團
广东人民出版社
·广州·

目录
contents

目录
contents

序

日暮乡关何处是

一

两年前，在大理，他开辆老富康来接我们，说“走，野哥带你看江湖”。

他平头，夹克，脚有些八字，背着手走在前头，手里捞一把钥匙。我对龙炜说：“你看他一半像警察，一半像土匪。”

他听见了，回身哈哈一笑。

院子在苍山上，一进大门，满院子的三角梅无人管，长得疯野。树下拴的是不知谁家寄养的狗，也不起身，两相一望，四下无言。

他常年漫游，偶尔回来住。偌大的房子空空荡荡，只有一排旧椅子，沿墙放着，灶清锅冷，有废墟之感。平时一个人，偶尔有朋友来此落脚，席地卷个铺盖，谁也不用照顾谁。

他无家可归。

七十年前，他的家族在鄂西清江百丈绝壁上，土家族祖父靠背盐酿酒攒下薄田，土改时被划为地主，且被疑藏枪，鞭打后投梁自尽，暴尸野外，被扔在天坑。随后大伯暴死，二伯流放，两位伯母一夜间用同一根绳索吊死在同一横梁。

父亲没有保护家庭，他的职责是抓捕诛杀其他地主的儿子，一生不提家事一直到死。母亲在暮年出走，留字条说“请你们原谅我，我到长江上去了”，他沿江驾船搜寻，寻找江上肿胀发臭的浮尸，挨个翻找无果。

1995 年，他出狱后，身边已再无亲人，妻女也离他而去。

二

十几年前他离乡寻找出路，身无长物，朋友到车站送他一只钢锅，让他好埋灶做饭。他说如果你非要送，我就把这锅在铁轨上砸了，天下之大，总有我吃饭之处。

1981 年湖北民院毕业后，他当过教师、宣传干事、警察，后来做小生意卖衣服，油炸早点，开挖沙的厂，都赔得血本无归。这次北上，做了牟其中的秘书——现在牟还关在他当年服刑的地方。很快他又转行当编辑，再做书商，做得很得意。我问他为什么不干下去，他说受不了向人催账的生活，“人到四十，还为一万块钱天天打电话，像黑社会一样——败坏人的心情”。

他把人家欠的一百多万元一笔勾掉，离京南下。

偶尔落脚在这两千多米的苍山上，四下没有村落，到暮晚时山黑云暗，一两盏灯更有凄清之感。他说过有时夜里骤雨突来：“林涛如怒，滚滚若万马下山。村居阒寂似旷古墓园，唯听那山海之间狂泻而至的激愤，一如群猿啸哀，嫠妇夜哭。这样的怒夜，非喝酒磨刀，不足以消此九曲孤耿。”

这样的夜里他开始写作。写失踪了十年，“不知暴尸在哪片月光下”的母亲；写二伯服刑二十九年后，“老得忘了自己的罪名，已失去了土地，也没有了房子，只好寄身于一个岩洞，放羊维持风烛残年直到死去”；写一生闭口不谈家事的父亲内心的功罪，写狱中被绑赴刑场的弑兄者……

死亡并不可怕，可怕的是人仿佛从未存在过，他对此耿耿于怀，才为逝者作史。他的故乡是武陵，史书说的南蛮旧地，巫风很盛，在遥远年代，土家族死在他乡的人，是千里赶尸也要接回家山的，不想成为无归宿的游魂。他说“我祖父的横死也不足以令苍天开眼，是我的私人叙述才让他的死找到了意义”。

这本来就是中国民间修史者的传统——不愤不启，不悱不发。

他用的笔名，出自唐代诗人刘叉的《偶书》：“野夫怒见不平处，磨损胸中万古刀。”

三

四年前，我还不认识他，有天工作完，街边店里吃点东西，带了他的书随翻随看。

他写外婆故乡在江汉平原，他出生后才到深山来，开荒种地，养活一家。幼年造反派来家训斥父亲，他不懂事，在旁嬉闹，太压抑的父亲发泄愤怒，用木棍毒打他，没人敢拦阻狂怒的父亲。外婆哭着用身体包围着他，左手无名指被误伤一棍，打得骨折，一直隐忍着没有医治，至死手指一直弯曲。

外婆眷恋家乡，他稍长大些，老人就返回了平原，他 12 岁时患重病，写信给外婆，恳求她回来，一进门扑在怀里，“我不断地叫着婆婆婆婆，仿佛垂死的孩子看见唯一的亲人”。

等到他成年，外婆觉得责任终于了结，与家族另一老人回到平原荒村住下，纺布缝衣为生，无人可以劝解。只有他去进门跪地抱着她腿，要她回来——明知这对她不公平，但他就是“不能忍心”。

外婆在山中去世，他不相信死亡不可逆转，每晚去坟头点上坟灯，怕外婆不能认得回家的路，次次在坟头痛哭时，他都要把耳朵贴近新土去听，孩子一般幻想听见外婆在棺木里呻吟，立刻就去十指刨开泥石，救出她来。

十年后，他掘开坟墓，开棺捡拾遗骨，偿还她的旧愿——背着她回到千里之外的平原。

我坐在人声鼎沸的地方，看到这里，把筷子搁在碗上，起身走出去，怕当众放声哭出来。

近代中国，身世畸零者并不少见，但野夫的笔端有让人害怕的感情，连看的人都被深情和痛苦吓怕，不敢深入到这样的感受中去。他半生所受的苦，多半都来自这样的激情驱使，情感越深，创痛越烈。写时也呕心沥血，他说有时写完在沙发上要躺整整一天，像一生气力已经用尽。

这样的写作，如同土家祖先的巫术，是要让死者复活，像是一次招魂。

四

到了中午，大理的牛鬼蛇神都来了，野哥一一介绍"这帮老混混"，大家拱个手，报个名号，也不寒暄，邻居侯哥搜些活鸡腊肉，在后院摘点黄瓜茄子，加上通红四川辣子和野花椒，炒了十几个铝盆，桂花树下男男女女端着碗站着吃江湖饭，满头汗。

吃饭完，袅袅一根烟，聊旧体诗。

20世纪80年代的江湖，“流氓们”都还读书。看着某人不顺眼，上去一脚踹翻，地下这位爬起来说，“兄台身手这么好，一定写得一手好诗吧”。

就这一点，今天的小混混就没法儿比。

侯哥给大家泡茶，院子里很多高山榕，底下长了野茶。紫荆已经长到了二楼高，开着红色的骨朵。桌上有盆箭兰，玉绿色的十几卷，混着茶香。野哥讲花草的名目，我们觉得好听，他说，“看《本草纲目》，是可以看出性感的”。

鄂西是楚辞的故乡，民歌和韵文一直是平民之趣。烧搪瓷盆的手艺人刘镇西，工具箱里也放着《楚辞》，初见面拉野夫去家，喊了几声老婆，没人答应，就去敲隔壁的门借斧头，嘴里念念有词“幸有嘉宾至，何妨破门入”，手起斧落，门锁砍成两截。

真妩媚。

野夫写苏家桥，写刘镇西，写投河自沉的李如波，都是几千字写完一个人生平，像《史记》中的列传。他的文字锻造，也来自古文。写文章时，看得出遍遍锤打，壳落白出。有时有些地方显得过于锤炼了，但写得好处，真是“天地为之久低昂”。

野哥说起时脸上有几分傲色，“旧体诗我还是得意的”，诗人里他最喜欢聂绀弩，“诗酒猖狂，半生冤祸”。

猖狂是真猖狂，夏日深夜，一轮好月，他与苏家桥一行人喝到酣处，学魏晋中人裸体上街散心头热，路遇一些机关门前挂着的木牌，就去摘下，抬着一路狂奔，找一角落扔下。有次扔完才发现，木牌上赫然大书“人民法院”，觉得这个还是不惹为好，又只好嘿咻嘿咻地抬回去挂上。

当年他要出山去海南，苏家桥从深山送到恩施，过家门不入，货车送到武汉，怕他孤乘无趣，再火车送到湛江，颠沛到海安，最后干脆一帆渡海，万里相送到海南，第二天再独回。

简直是《世说新语》里的中国。

我原以为写得太传奇，认识他们才觉得只是写实。晚上野夫带我们出去吃饭，叮嘱一句，“不一定能吃上，看运气”。小馆子老板是个香港人，六十多岁，须发皆白，向外贲张。打量人，看得顺眼就做饭，不顺眼轰出去。当天运气好，做完了一桌子十几个人的菜，过来和野夫喝了一杯，扬长而去。说挣够了今天的酒钱，自去喝酒，不必再开张。

这个年头处处都是精致的俗人——不是因为不雅，而是因为无力，没有骨头。还好“礼失，求诸野”，遗失的道统自有民间传承，江湖还深埋了畸人隐者，诗酒一代。

五

下午无事，野哥带我们几个女生逛小铺子，我们挑来拣去耳环项链围巾，他两米外斜站，不上前，也不远离，衔一支烟悠然看过往行人，等我们挑完，他已经把账结过。

长日无事，坐条挨街的板凳，他给我们讲故事，说少年时暗恋一个女孩，被拒绝，情书也被公开，他承受不住羞辱，吞水银自杀。获救后立下誓愿，“要让她爱上自己，再抛弃她”。

他读大学回乡后，与之接近，少女恋慕了他，他终是不忍心，向对方坦露实情，说“我不想报复你”，对方惨淡一笑：“你以为没上床就不算报复吗？”

他离家远走，再回来她成了一个在当地声誉放浪的女人，表姐让他去劝解，他讷讷而言，她笑：“变成好女人……”抬眼盯住他：“变了又怎样，你娶我吗？”

他无话。

他兜里是第二天的火车票，她伸手取来撕了，买了机票，说：“换你明天一天的时间给我。”日后她中年重病，肾坏死，不再求治，他从北京请国内最好的医生入山给她手术。

他人生里的事多半这样，情多累人，自嘲说自己是一流的朋友，二流的情人，三流的丈夫。我问过他，为什么他身上会发生这么多戏剧化的事情？他说当编剧时，才领会到人生如戏，“一切皆在情理中，一切皆在意料外”。

生活是内心情理交织冲突的结果，他天性爱憎好恶比常人剧烈，人和文字都使到十二分气力，不留余地，蛮力拽动情与仇、乐与怒。

二十岁那年，他黄昏酒醉回家，看到路灯下一个佝偻男人，认出是那个打过他爸，把机枪架在他家门口的造反派。现在他长大了，那人已快暮年，他发疯般扑上去，把对方摁倒在地拳脚相加。“他已经完全认不出我，无法理解自己为何突遭暴打。我一拳一拳地打着，直到耗尽全身力气，直到他头破血流。”

十几年里，他一直为童年的恐惧羞愧，而羞愧渐渐熬成仇恨。这性如烈火的男子，认为轻仇的人，必然寡恩。

酒醒之后，他却不能不面对内疚之感，暗中观察那人，才发现这个仇人可怜至极。他是煤矿工人，出身贫苦，家庭负担沉重，每天下井采煤如同下到幽深地狱。这样的人积怨已久，被号召去夺权造反，必然敢摧毁一切。日后这人被煤矿开除，成了苦力。一次下坡刹不住脚，被装满石头的板车轧断腿，从此残废，整个家庭垮掉，女儿不得不去卖淫。

他写道：“命运惩罚他，比惩罚我的父辈更加惨烈。”

他写作并非为复仇，也非控诉，他想找到人何以成为他人地狱的原因。他写到自己六岁时，老师集合他们，把用竹子做成的大扫帚拆开，每个孩子发一根竹条子，围着一根水泥管子，上面站着一个偷了三尺布的农民，穿着破烂，裤脚卷在膝盖上面，脚上穿着一双草鞋。老师一声令下：打！所有的孩子一起挥动竹条抽打那个农民膝盖以下的部分，这个农民在水泥管上疼得来回跑，所到之处围满了孩子，所到之处都会有竹条，这个人蹦跳惨叫，汗如雨下，腿胀得紫肿，惨叫中突然晕厥，摔了下来。

四十多岁时，他写到这里，流下泪来，说："这就是文学。作为一个写作者，我要是不把这样一些东西记录下来，我会一生都为我曾经挥过竹条子而愧疚。"

写作是一种反抗，对抗外界的恶，也对抗自己内心的黑暗。多年来，他为青春时代的狂怒心存内疚，他说："在这个时代，当你还没有完成安徒生笔下一个孩子的真诚教育之时，也就是你还不敢做一个真人的时候，你绝不可能是大善的，更不可能是美的。"

六

野夫常以村夫自许，我却觉得他雅致。平常里他从不与人争锋，席间不抢话，不讥笑人，不争口舌，有他的地方笑声最多，有人说话不得体，他也呵呵相乐，一派烂漫仁厚。有次在北京某个场合我俩撞上，举座都是富贵人，三个小时里，他一句话没说，不参与，也没有不耐烦，自斟自饮，怡然自得。

我不喝酒，但有他在座，就陪他一杯，朋友间说起如果遇到事有谁可以相托，推举的数人里，多有野夫。

只一次见过他另一面，大理夜长人多，"左"、中、右都有，谈话容易不洽，干脆集体玩"杀人"游戏。我当法官，发完纸牌后说"杀手睁眼"，野夫睁开眼，不动身，也不伸指，只以眼光向我示意某人，就闭上。再睁眼时，众人惊呼被杀死者，相互猜忌。他点一支烟靠椅微笑，有猜到他的，他就一副老警察面目，为之分析案情，一一拆挡，全身而退，瞒过众人，最后一轮他胜出时翻开红心杀手牌，姑娘们还惊呼不信。

这场游戏，我这旁观者看来尤为触动，众人闭目他睁眼的瞬间，那双细长眼睛精光四射，是泡过凶险、世事老辣的眼。他在狱中，曾与几个刑事重犯同住，同一个枕头上睡的，枪毙的有六个。他有次扫地时一个犯人骂骂咧咧，他放下扫帚，盯着走到近前，那人立刻闭嘴。下铺有人悠悠说了一句："你也不看这是什么人，他连国家都敢惹，你能踩平吗？"

七

没听野夫说过苦，他只说重复地做一个梦，站在深秋的蓝天下，赤身裸体，抢着收集阳光过冬——那时的冬天太冷了。残阳越过高墙，把影子放大贴在对面墙上，有电网的投影恰好横过他的脖子。

这梦听了真让人难受，是冷透的人世。

但他爱这世界，有次聊天，他劝我多参加社会活动，说有地方约他演讲，他一定会去，"能影响一个是一个"，他是那种寒风里有人往车窗里递广告，一定会摇窗接下的人。

在微博上他很活跃，经常会有许多陌生的朋友@他，说家里发生什么事，希望他帮忙转发、评论一下，他说常常不忍心忽视这些留言，也许转发无济于事，也不足以帮他们，但是转发一定会让更多的人明白是非。

微博也是江湖，他说能看见一部分人的恐怖内心，感到透心的冰凉，说"有时也想把微博戒屎了"，但又放不下，嬉笑怒骂，一派朴诚烂漫，把剑而立，战个三百回合。有时候我觉得这样太浪费时间了，他说在故乡鄂西，秋天野猪成灾，每年允许适当狩猎，分外痛快淋漓。"我来到世间，是来访求朋友的。有的人来到这个世间，是来增加敌人的。我们在大地上，怀善还是怀恶，并不难区别。"

但遇到年轻人时，他会劝解，有次他说，有个骂他的人是一个大学生，子侄辈的年岁，他顺着去对方微博里看看，觉得是个贫寒激愤的青年，就发私信与他讲了一夜道理，直到年轻男孩心服。

他对这个时代总有一份“不忍心”，说，“我们每个文化人都要分担这个时代的疼痛甚至剧痛”。

在大理，他带我们进山，无为寺在宋朝是大理国的皇寺，现早已荒废。二十几年前有个僧人一点点旧址重修。他带我们去见这大和尚，大脑袋粗眉毛，胳膊上缠着铜佛珠，是武僧，“夜不倒单”——每天晚上不躺下睡觉，打坐度过。

三千多米处都是深林，小寺里没电，不卖门票，不卖香火，也没有小贩。案子上堆的香，你自己拿去烧，随便。树下面放着茶叶、水壶、茶具，自己泡茶喝，喝完了你走，也没人来问。有个小和尚在场子上一边扎着马步，一边眼见着一个小朋友飞奔打闹着耍，眼神急死了。

大雨过后，急晴中的这座山，树叶上金光闪闪的流水滔滔流下来，有远古的本来面目。我们跟大和尚说这说那，把人家武僧当禅师了，有人问，人怎么能放下眷恋？大和尚只好说，喝茶，喝茶。

野夫看我们这么笨拙地打机锋，笑着开口解困，问寺里还有什么米、什么油，要不要送些过来。

他喜爱山林，好与僧道谈，但他是士，从来不“隐”，不求解脱，不好大言，不求世外的智慧，各种人生对他都是文学，只是要了解“方丈何以是此人”。

旧朱红的寺门，粗糙皴裂的木门槛，楹联是野夫写的，一联是“心法即佛法，度一切有情”。

八

临走前一晚，大家去一个老哥家，咔啦啦扶起卷闸门，有几人正窝脚在榻上闲谈，当中一位长得奇突矮肥，野哥说，别人找他演电影，演一个被啤酒瓶子砸的泼皮，他不满意那个道具，要求用真瓶子砸，头破血流；满意地被送去医院。我打量一会儿，觉得他是腼腆不说话的人，野哥指我身边的一张桌子，说昨天那张被他喝大后踩碎了。

坐定后七八个人闲扯，拿着吉他唱歌，一路嬉皮笑脸，笑得人仰马翻。野哥对矮胖子说，你吹个箫吧。

胖子也不说话，拿只皮口袋，从里头拔出管黑箫。

有人噗地把烛火吹熄，黑着灯，只有远远一点微光，荒村野街，远处有女子鞋跟在青石板上走的声音。他起声非常低，曲调简单，几乎就只是口唇的气息，也像是远处大风的喘息。

我一开始无感无触，只是拿围巾按着脸听着。

就这一点曲调，循环往复，有时候要爆发出来，又狠狠地压住了，有时候急起来，在快要破的时候又沉下去，沉很久，都听不见了，又从远远的一声闷住的呜咽再起。这箫声里不是谁的命运，是千百年来的孤愤，千百年来的无奈。

座下小儿女都掉了泪，只有野哥躲去一边角落，半坐在地上，完全隐在黑暗里。

他吹到后半段，愤怒没有了，一腔的话已经说完，但又不能就此不说，忽然停住，他唱："……月夜穿过回忆，想起我的爱人，生者我流浪中老去，死者你永远年轻……"

当夜我喝过几杯，围巾都湿透了。

九

四五天后，我们三人离开大理，纷纷的雨，野哥来把行李放在破富康上，一直送上了大巴，他下了车没走，不站在路边，也不招呼说话，就坐那辆锈迹斑斑的富康车前座上，车门开着，一只脚踩在地上，抽烟。

我们车经过，他扬眼微笑，摆了下手。大巴开出去好远了，人和车还坐在那里。走前他说过一句，"你们一走，我今晚就是五保户了”。

事后几年，见面只是偶尔，但我看他的微博，常常凌晨两三点还在。敌人也都消失的深夜，无法以酒引睡时，他有时喃喃自语：“中宵酒醒，常觉无路可走。坎难人生，此时应该言说，否则，将在这巨大的黑暗里窒息。”

他的一生，多为激情支配的选择，最痛苦的是内心与外物不调和。不过，如顾随说，真正的诗人，往往就来自与世界的矛盾，苦中用力最大，出来的也才是真正的力，“风与水搏，海水壁立，如银墙然”。

是矛盾，是力，也是趣。

人到壮年，再想改变自己性情已不可能，也无必要。情之所钟，正在我辈。只要有笔墨在，还能言说，《诗经》以来“吊民伐罪”的传统，总能在此中存续。

我在微博上只看不说，野夫并不知我存在，在那样的夜里，我每默默注视屏幕，算是对他的一会儿陪伴。

柴静
2012 年 6 月 29 日

自 序

让记忆抵抗

一

昆德拉曾经在小说中感叹——在黄昏的余晖下，万物皆显温柔；即便是残酷的绞刑架，也将被怀旧的光芒所照亮。

此即谓，人类本质上是善于忘怀的动物。伤痛抑或仇恨，都容易被时光所风化；尤其当作恶者易装登坛，化血污为油彩粉墨之后，曾经的呻吟抽泣竟可能变声为娱乐的淫浪。就像那些此刻正沉醉于红歌中的某些人，他们似乎也在怀旧，但他们已不再记得那些恐怖旋律下的人性践踏；在温饱的余年，支离破碎的青春，被重新缝补成一道轻薄肤浅的抒情诗——这就是我们这个时代的荒诞。

我只是这一堕落时潮中的反动者而已——在狂飙盲进的岁月里逆向而行，固执纠结在洪荒之初的草莽上；乃因这个盛装的时代如此可疑，美轮美奂的华表下一切显得那么鬼祟。我企图返回其纪元的元点去打量这一切的来历，努力在琴箫和谐的假唱中窥探其本该知耻的原罪。曾经有学者谓中国文化是耻感文化，圣贤强调知耻近乎勇。然则当世的荣光，是连耻亦不被确认的，仿佛诸恶不曾，骨血狼藉之后一切都万劫不复了。

于是，我深信，汉字的起点是忍辱负仇者在暗夜的刻画——他们在坚硬的龟甲青简上用石刀铁笔记录深埋于心的余痛。那些卜辞爻言中暗藏了这个民族的历史和祷告，以至于信史成为我们真正意义上的宗教。只有在这些痛史面前，恶霸被千古追诉而令来者警悟，善良无辜得以表彰，得以列队于苍天下昭雪沉冤。

二

每一个人的记忆都会有个起点，就像每一幅泼墨写意的巨画，只有作者才能分辨它的始笔一样。20 世纪 90 年代初的冬夜，我总是蜷依墙角，面对着钢条密布的窗户，独自追索着自己人生的起点。某市监舍赫然坐落在闹市之中，自由人间的灯火，还能在那些玻璃窗上闪耀出恍若隔世的温暖。

那时，家父刚刚去世，狱警带着我千里奔丧，他亲眼目睹了囚首蓬面的我，面对着党旗覆盖下的父亲向几百吊客叩首答谢。面对众多官民，我哽咽致祭曰——这里躺着我的父亲，多年前，他怀抱理想投身革命，至死保持着他那一代党人的朴素理想和本色，两袖清风地走完了他的一生。这样一些凡人的基本正直和高尚，在越来越成为稀有品质的今天，我相信父亲可以俯仰无愧地坦然辞别这个世界了。他留给我们最珍贵的遗产是——怎样去做一个有尊严的人，让我知道良知和荣誉高于一切功名利禄。

在那一刻，我再次意识到生命是如此短暂而死神又是这样权威，好人并不能因为他们的好而得以长寿。大地掩埋了所有的善恶是非，父亲平静地走到了道路的尽头。在岁月长河中，所有的悲哀和创伤都会被时间抹平。如果没有记忆和历史，一切都将显得虚无。

从那时起，我开始关注家族历史。父亲留给我们的遗嘱中说，希望将骨灰撒向面前这朝夕与共的清江，希望流水能送他归去。我知道这条江将远远地经过他旧居的门前青山，然后流向长江大海。父亲的游魂将消散于这波涛不息的水面上，如果我不为他记录的话，他的毁家灭门之痛，将从此遁入时代的黑洞——在那个忘川里，一切都被漂淡了。

于是，我开始检讨历史，我必须从被遮蔽的往事中找到一代人的苦衷。

三

每一个十字架下都埋藏着一部长篇小说——雨果这一说法，针对的仅仅是文学。事实上，文学在历史面前是苍白的。文学因其虚构的特征，似乎弱化了苦难的严肃性和沉重。在我们的土地上，历史，从其诞生之初，肩负的就是文史哲乃至宗教的使命。

一个人的生与死，并非华丽的文学所能概括，其生存背景才是历史的领土。每个人都将最终消逝，无论早夭或者寿终。但是留下墓碑的永远只是少数，而一望无涯的孤坟却如遍地荆棘般刺疼我们的眼睛。更可悲的则是填沟转壑的无名之死，连骨殖都未曾开出花来。

命运予我寒薄，而立未几则已亲长尽逝，使我得以在泪干眼枯之后，平静地检索他们隐忍平生的坎。我将父系和母系家族的跌宕，置于20世纪之大背景下考察时，惊悚地发现，一切都像在劫难逃般的宿命——他们不可避免地要卷入战争、政争与党争——这也几乎是中国多数世家的相似命途；家族往事之戏剧化，并不更悲于整个华族的酸辛。

整整几代人的追求、背叛、搏杀与幻灭，都在现世的升平花腔中湮没无闻了。如果没有民间私史的刊刻流布，则无数歌泣生动的先人，仿佛从未经过斯世。而那些割头戮颈惨绝悲烈的疼痛，很容易就被正史掩盖而为来世淡忘。

窃以为，不长记性的民族是可耻的。当海量无辜的死亡连姓名都无存之时，美与善变得毫无意义，恶行也都被提前原谅。善恶即便难以在当世分享奖惩，原则上也应该被历史鉴定荣耻。否则，恶无忌惮，辄善亦不被鼓励矣。那这样的民族，又何德何能进化于世界？

四

没有文字的民族是可怜的，如我的父系巴人土家族——其历史徒余传说。有文字而不许真实记录的民族，则是可恨的，盖因它在退化人类的品质。没有文字的语言，绝对无法永久流传。不能真实纪事的文字，则丧失其造字之初令鬼神夜哭的尊严属性。语言文字是思想的物质外壳，当这种外壳被歪曲甚或阉割时，思想必然萎缩，族性亦将愈加猥琐。

三千年以来，华夏各族之烈烈志士，皆求以文字固化记忆，此乃为天地存心也。司马迁曰——“西伯拘而演《周易》；仲尼厄而作《春秋》；屈原放逐，乃赋《离骚》；左丘失明，厥有《国语》……此人皆意有所郁结，不得通其道，故述往事思来者。”而这一切，其根本价值原在“欲以究天人之际，通古今之变”。

长歌当哭，温故知新，纪史的内在动机是要抵抗遗忘和歪曲。

任何一个民族的记忆，都不仅仅是由官修正史所构成——在那里，太多的秘辛被曲意掩藏和改写。我在我的阅读里发现，更为滑稽的是祖国的古史，都似乎要比当代史清晰，有无数前人的野史笔记在那里印证。然而今天，一个家族的亲历都往往变得扑朔迷离，更不要说一个国家的编年大事记，其中竟然充斥了无数虚构与抹杀。

于是，我想借由对过往亲友的命运检索，来揭示 20 世纪平民生活史的一斑。任何政治史都只是虚张的宏大叙事，只有在这些具体姓名背后的遭际，才可能更多地窥见我们曾经走过的岁月本相。

事实上，这样刻骨铭心的家史，不独吾家特具。我经常在酒肆邂逅的野老遗民口中，知悉更多系骨裂肉的惨痛。大地深雪，埋葬了太多无辜。竹帛难罄的遗事，荒芜在黄土垄上。这样的复述，于我并非艰难，只须秉承天良，便足以还原那些破碎的陶片。

五

历史之于民族国家的意义，实际等同于一姓子孙对家谱族书的珍重——其本质乃在对父系血缘的崇仰。崇父意识是民族的集体潜意识，厘清来历的暗怀渴望驱策我们要探索、书写和研读甲卜金箍，以穷通生命的源流去向。

作为共产党员的家父，平生兢兢，临渊履薄、守口如瓶地走完了他的一生。在他生前，我竟然基本不知其来历。他很好地与他所在的组织一起合谋，扼杀了自己的记忆，以至于我这个儿子都无从问脉他深怀不露的苦痛。

也许是因为他寥寥的遗言——要我为祖父将那抛尸的天坑盖上，我才开始去追索当年的灭门惨剧。他似乎还能想象，盖掉一个天坑是多么巨大的工程；但他未能想到的是，我开始揭开另一个历史天坑的秘密，这才是真正浩大且远未竣工的作业。拙著《地主之殇》便是我对父系历史的勘察，在那里我发现了当年几百万生灵莫名涂炭的枯骨。

偏远乡村一个农夫之家的悲欢，在亚细亚从来对应着京畿某个独夫的喜怒。个体的生活史自古便是国家叙事不可或缺的构件，虽谓以蠡测海，却也足见其沧桑咸腥。无论史学意义，抑或社会学价值，皆不输于那些假言涂鸦的鸿篇巨制。

六

人生之短相对历史之长，无法不令人顿生虚无。在漫长的史前和史后，个体的生死际遇实在显得微不足道，然而人类何以要如此在意历史呢？

如果世界真是无神的，生命则是一趟有去无回的单程旅行。人类潜意识里畏惧的并非身体的死亡，而是对恍惚没有来过此世充满了隐忧。于是，我们有了史官文化以及对历史的拜祭——因为历史的存在，才可能让过往的生灵，复活在人类的共同记忆里。

就像我祖父的横死，曾经的暴尸也不足以令苍天开眼，是我的私人叙述才让他的死找到了意义——他被用来证明恶世的传说并非虚拟，用于警醒来者不要让恶重复。也因此，他卑微的生命才在帝王将相的起居注之外，走进了自己真正的永恒。

我的写作本质上传承的正是中国民间修史的伟大传统，是历朝历代那些冒着株连九族的风险，在枭首流放的长路上排队仍不肯掷笔的先烈，遗传给我们以史证伪的渴望和冲动。想想当年那些夜雨孤灯下的荒江野老，斧钺相加而无畏，笔削春秋而令乱臣贼子惧，这才是这个民族真正可歌可泣的品质。尽管这一品质也在寒酷的现代、在血液里稀释；但它依旧还能在苍凉乱云的天空，耀如星灯般召唤代复一代的苦吟血书者。

郑世平　定稿于荷兰

掌瓢黎爷

一

前些年回武昌访酒，纠集了一座文朋诗友，在某“苍蝇馆子”胡吃海喝，一时杯盘狼藉。川方言里的苍蝇馆，多半是指装修简陋，虫蝇乱飞，但总有几道独门菜，可以揽得客官回头流连的路边餐馆。

看着风卷残云七仰八翻之后，我赶着去柜台埋单上账。坐堂的乃一徐娘，施施笑曰：免单了，你们走吧。

我讶异地盯着那妩媚犹存的眉眼好奇，难道是武二哥遭遇孙二娘——可以白吃白住了吗？江湖上哪有无缘无故受人一饭之恩的，必须要讨个由头。咱不能真当武松，被施恩一顿小酒灌醉了，才说要帮他报仇蒋门神的事情。

徐娘在我追问之下，半嗔半笑地说：我们灶屋的厨头，说把账记他头上了，月底扣出来，也不知道他欠你们哪位的钱？

这一说法懵然打破我的自作多情，立马转身钻进后厨。但见一片兵刀狼烟之中，魁然立着一胖师，左手颠簸着炒勺，右手挥舞着锅铲。熊熊火光映照下的身形背影，以及那铿锵迸鸣的节奏感，顿时使我觉得似曾相识。

我走近，待他炒完一盘之际，一把扳过他的肩头。我说黎爷，你怎么在这里？他一点儿也不突然地腼腆笑说：我在这里是本分，你来这里才是稀客。怎么样，吃好了吗？

我依旧还在惊喜之中，连串发问，并质问他何以帮我埋单了。他不卑不亢地说：听见吵闹的声音像你，一看果然。想到过去同患难的缘分，这个客，那是请定了。再说也就是顺水人情，也没想过找你，更没想到还会碰到。老话说，约来不如撞来。跟你们这些文人朋友也搭不上话，也就懒得上桌去敬酒了。

我要拉着他去喝一杯，他摊开手说免了，还有客等着上菜呢。再说江湖儿女江湖见，改天单约，省得和一些不相干的人寒暄。我深知他的性格，又看他确实灶上忙着，只好道谢出来，约好再聚。

二

二十多年前，我入狱分到武昌监狱，也许有人同情关照，最初竟然留在了监狱的伙房队。同批分去的犯人艳羡嫉妒，牢话叫“不怕刑期长，只要进伙房”，意思是说这里的犯人不仅活儿不苦，还能吃得稍好，毕竟是近水楼台嘛。

伙房队的犯人三十多号，要负责全监狱一千多犯人的伙食。一日三餐，外加夜班的加餐，同时还要分出六个犯人去负责干警的食堂。因此要说轻松，也只能是相对那些做苦力的分队来说。

新犯人下队，先从洗菜切菜开始。洗菜池恨不得像私人游泳池，成担成担的带泥萝卜倒进去，拿扁担捅着滚几圈，取出来就开始切。案板看着一望无涯，成排的光头每个都是雪亮的双刀挥舞，场面确实骇人。想想其中多是玩刀的出身，生怕一言不合又拔刀相向了。

切菜的叫“墩子”，没什么技术含量。炒菜的叫“掌瓢”，可能是从黑话中的“瓢把子”而来。墩子见到掌瓢的，礼数上要“下矮桩”——也就是低一等的意思。比如你抽烟，要先敬掌瓢的一支。掌瓢的只管炒菜，炒完一边歇气，墩子则要负责收拾一切残局。

监狱的灶台像砖窑，一排怒火熊熊，电扇翻卷着火苗。锅大如双人浴缸，一筐几十斤蔬菜倾泻进去，动作稍慢，下面的冒煳味儿，上面的还在滴水。掌瓢的这时都是赤膊上阵，双手使的是一把粪叉般的半月大铲，虎虎生风俨然武林高手。由于动作很大，通常那汗水也都是飞溅到锅里，或在铁锅边吱吱作响烫出人肉臭气。

掌瓢炒好菜，墩子帮忙盛到大桶里，掌瓢再出手在每一个桶里浇上几瓢熟油。这样的菜，看上去油光水滑，基本能体现出社会主义监狱的优越性来。每一桶菜再由各队派人来抬回去分配，先从牢头狱霸开始，那一层浮油也就滑进了他们的肠道。

那时在队里，黎爷就是这样一个掌瓢的大厨，而且是一群掌瓢师傅的总头，真正的瓢把子。

三

老话说——饿死的厨子都有三百斤。当然，这是调侃。

黎爷生于穷苦人家，却因拜师学了厨艺，几十年油烟熏陶下来，残菜剩羹也就喂成了一个胖子。通常胖子的面相只有两种，一种是特别慈善，如老太，有些男作女相的意思。另一种则是形容凶恶，肉缝里透出一些蛮狠。黎爷的扮相，恰好就是后一种。

但面相善的人，却可能大奸如忠；而面相恶的人，也可能色厉内绵，譬如鲁智深一路人物，便是金刚面目之后的菩萨心肠。初见黎爷的人，哪怕你是少管、劳教加劳改一路滚板过来的累犯，也多要抖一下尿筋——此人可能不太好惹。

他额短而腮宽，典型的“由”字面庞。双眉天生倒八，一旦皱眉的时候，几乎是像竖插着的两把短刃。眼睛小而圆，看上去就剩瞳孔在转动。一旦看见他的眼白，那一定是他盛怒了。但是，这样的时候很少，他多数表情是——面无表情，似乎无忧无喜，宠辱不惊，不像一般的犯人那样，动不动唉声叹气，抑或喜怒无常。

伙房中队的犯人，都很尊重黎爷。戏称其为爷，其实他年纪并不大——那会儿也就四十出头。黎爷的威信不来自拳脚，仅仅因为他是唯一真正拿过厨师证的一级厨师。可是，纵有顶级厨艺，放在监狱的食堂，那也是英雄毫无用武之地。大伙敬重他，还因为他为人道义，且原本在江湖上就有辈分。

解放后，自古相传的江湖社团，如青帮红帮袍哥道门等，都被消灭掉了。唯独对于行帮一类的松散型民间社会，实在无法彻底根除。所谓行帮，就是一些具体的底层行业，其从业人员必须有一套师承，且自然出于自我保护，而无形中形成的类似公会性质的松散组织。

老话说的“五花八门”——其实源自江湖，指的正是这样的一些行帮。五花依着五行排序：金菊乃卖茶的老妪，木棉为治病的郎中，水仙喻酒楼之歌女，火棘花系杂耍的盲流，土牛花则代指挑夫棒棒。八门指的是——金皮彩挂，平团调柳，每个字都代表草根社会中的一个行业。按行规，郭德纲出于平字门，赵本山则属于柳字门——这就是他们还在开山收徒论资排辈的原因。

黎爷所属的厨帮，不在五花八门之中，因为通常厨师并不需要行走江湖，但是厨帮本身覆盖天下，却是自成江湖的。四大菜系川鲁粤扬，如果各自没有门户，乱了章法，坏了行规，那整个市场都要随之起伏。所以，对于这一类的民间组织，官方也就监控而默许了。

川菜乃厨帮之首，其中又分几大流派，什么盐帮菜、公馆菜、江湖菜……说起来很细很繁。但无论何门何派，都要讲个师承辈分，有源有流，这个门户才可能瓜瓞绵延。

黎爷的地位，就在于他在厨帮中辈分很高，乃因他是一代川菜大师黄敬临的再传弟子。至于他师傅的名讳，打死他也不说；他说他坐牢有辱师门，不敢再让师傅跟着受屈。

四

好好的一个厨师，何以就坐牢了呢？

监狱的江湖规矩是——新犯子不能贸然问老犯人的罪情，因为事关隐私，有的人不仅不会说，甚至当场一个耳光甩过来。狱警一般不谈犯人的案情，还禁止犯人之间交流这些。他们顾虑比如撬门开锁的遇见翻墙爬窗的，互相交换手艺，结果满刑之后成为十项全能的犯罪分子。

队里来得最早的犯人，有的一待十几年。狱警都换了几朝，不查档案连他们都不知道谁是因为什么进来的。来的来，去的去，铁打的号子流水的犯人；有时刚送走的某个看似慈祥的老者，结果干部（狱警）漏嘴一说，原来竟然是刨坟奸尸的变态狂。偶尔一想跟这样的人渣也曾同床挨枕几年，不免内心寒战起来。

大家知道黎爷乃正宗厨师，是偶尔听他闲谈美食，及其做法诀窍。牢里的伙食太差，即便在厨房劳改，也不过稍多一点油水；因此睡不着的夜里，大家爱听他瞎扯山珍海味。当然，这得是他心情很好的时候，像一个白发宫女，闲坐忆天宝盛事。大家伙儿听得肚子里翻江倒海，舌尖上生津回甘，但是对于他因何犯法入禁，依旧还是望而生畏，不敢深问的。

黎爷人缘好，但脾气怪。伙房队的犯人头老洪满刑了，大家公推黎爷接任，干警也有这个意思。但是谈了几次，黎爷坚决不干。犯人头的减刑机会比别人多，这样的好差事谁都暗怀渴望，偏偏黎爷就是不肯。问理由，他翻来覆去只有一条——平生不喜欢人管，也不喜欢管人。

厨艺好，放着给犯人炒大锅菜，实在是糟蹋人才。干警食堂那几个伙夫本来也算好手，某日被监狱长请客，骂了一回他们只知道油重。于是，队里的干警急忙要调黎爷去那个小组。因为这个组的厨师是跟着干警食堂开伙的，每天有鱼有肉，又是一桩人人想去的美差。

黎爷去了一周，每天将那边吃不完的剩菜，用洗脸盆悄悄端回来给大伙改善生活。说来队里也有不少贪官、商人之类，算是见过场面的人，但到了这一步境地，每当面对这些混在一起的鱼肉残羹，依旧大快朵颐，啧啧感念黎爷的苟富贵不相忘。但监狱和社会没有区别，一样还是有想争取减刑的线人，一边吃完，一边还是偷偷密告给干警。

干警某天在黎爷端着盆子下班回监舍的二道岗口上，一把堵住他搜查，自然人赃俱获。他们也不是舍不得这些原本要喂猪的剩菜，而是不想黎爷坏了监狱规矩，惯养出犯人好吃懒做的毛病。于是，按监规，将黎爷关禁闭三天。

三天之后黎爷出了小号子，再也不肯去干警食堂当差。干警十分恼火——因为他的手艺确实让领导喜欢——威胁他说：你不想减刑了吗？黎爷笑答：出去也是吃饭睡觉，早一天晚一天，这儿也没耽搁我啥。干警指责他抗拒劳改，他问这个可以加刑吗？干警自然知道不可能加刑，对于这样的老油条，也就只好作罢。

五

黎爷登记的文化程度是小学，实际约略相当于是刚刚扫盲，但他说起江湖上的事儿来，又像是博大精深的学问家。他熟知与饮食业相关的各种骗局，深通肉铺鱼行的各路“春典”——黑话的意思。他当年往这些地方一站，几句行话丢过去——江湖上谓之“把典”，对方立刻知道遇见了门内汉，拿出来的肉鱼鸡鸭，就换成没有做过手脚的了。

他因为面相酷似梨园行的黑头，不苟言笑时，看上去对谁都没有好脸色。一般人喜欢他的不害人，却也难以走近他。狱中的势利眼，并不少于社会；很多普通刑事犯，对那些腐败进来的官商之类，多有巴结之相，指望以后出去了，还能多几个富贵的患难之交。只有他，对待那些经济犯，基本没有和颜悦色。

某次，一个做过处长的王姓犯人，如厕急了，忘记带纸。

正好遇见黎爷小解，他大大咧咧地蹲着抬手，指着黎爷说：喂，劳驾给我去床头拿一点儿手纸来。黎爷净手完毕，转身冷冷一脚，踢在那人伸出的食指上，依旧面无表情地说：你在跟谁说话啊？你是说慌了吧？把你的手拿回去。

那处长不明所以，继续伸手指指点点吼道：你这人怎么这样，帮个忙嘛你发什么火啊？黎爷盯着他，露出眼白低声说：再不收回你的手指，老子就把它剁下来。那人看着黎爷眼露凶光，抖抖索索地不敢再计较。黎爷吹着口哨出来，对监舍的门岗说：王处长要他的洗脸毛巾，你们帮忙送到厕所去吧。那站岗的犯人立马飞奔而去。

我在队里还算半个文化人，初来时，黎爷也是爱理不睬的。我看他那森眉绿眼的样子，也不好主动接近。新犯人按规矩，都是要每天大早起来打扫宿舍的。轮到我那天，一不小心碰翻了一张凳子，刚下夜班蒙头正睡的一个老犯，掀开被窝大骂了一句脏话。依照潜规则，新犯人是不能招惹老犯的，否则会引来老犯的集体围攻，况乎确实惊醒了人家的瞌睡。

可我立刻放下手中扫帚，死死盯着那人，一步一步轻轻地走向他的床头——我们眼神交战，我已经想好，他只要再敢骂一句，即刻把他从上铺揪摔下来。那老犯一时傻眼，直愣愣地看着我满眼凶光，忽然泄气，一声不吭地埋头重新睡下。我也见好就收，转身继续扫地时，忽然听见睡在那人下铺的黎爷自言自语说：楼上的这次长眼了吧？这些人，国家都敢惹，你还想踩平吗？

六

黎爷掌瓢，统领着整个犯人食堂。粗活脏活以及笨重体力活，自然都是我们这些墩子干。送粮食的货车来，每麻袋两百多斤，一人一包必须快速搬运到粮仓。黎爷坐一边抽烟，墩子们健步如飞，只有我看着头皮发麻。麻袋刚上肩，还没移步，就感觉腰椎吱吱作响且在打晃，预感只要迈步，就可能要当场骨折。

我一时被钉在了车尾，汗如雨下，甚至连抖肩扔下这一包重物的力气也不敢有了。黎爷见状，忽然扔掉烟头飞身过来，从我项上取下麻袋，骂骂咧咧说：凡是学生案进来的，以后都不许扛麻袋了。点数去，读书人就管记账。

有了黎爷罩着，就更加没人敢找我碴儿了。我对他，也多了几分敬重。但凡撞见，必要给他递烟，他却是每次都要赶紧在围裙上擦干双手油水，再双手接过插在耳朵上。我知道他守着一些古老的礼数，心里更加高看这个粗人。

犯人中家境好的不多，因此每月来探监的，往往多是经济犯和职务犯之类的家属。没人探监，就意味着没人给他上账，小卖部的烟卷和零食，便也与他无缘。因此每逢探监日，值班外的各个犯人都放假，大家也不知家里是否来人，但都要换上干净的便衣（非囚服），守在监舍里等着外面的传唤。

我暗中注意到，每次黎爷都换上了他那一套难得合身的绒衣，装着没事地在监舍独自玩牌。直到探监结束，也没人来叫他的名字，他也仿佛什么都没发生，又悄悄脱下绒衣换上囚服，继续去加夜班。探看我的人稍多，有时便把香烟整条地塞进他床下那日用箱子里。他回来看见，总是苦笑着对我嘀咕一句：你环境好啊，这年头，坐牢都得要有环境才行。“环境”是犯人之间说的牢话，意即家境抑或社交不错。

终于轮到黎爷有事向我开口了。他把我拉到一边，亲手给我点烟，忽然笨嘴笨舌地说：请你帮我写一封信。我问写给谁，写什么，他又有些羞于启齿的样子。最后沿山沿岭一大圈说完，我才基本听明白——原来他有家，他犯的是严重的故意伤害罪，还有十来年刑期。他希望妻子跟他离婚，不要再等了，更不要去南方打工。他说只有你能帮我把这意思说明白，反正就是要离婚，但是又不能伤害她，她是好人。再说，女人去广东深圳打工，能有什么好事，你看报纸上怎么说的。唉，都是我害了她……

我总算明白了他的内心，想到刑期漫长，与其日夜相思煎熬，还不如离婚为佳。人在绝境中，没个念想反而活得简单。更何况也要为对方着想，大难临头各自飞，原本也是古理。我把我写好的信给他，他要我念给他听，说是认不完那些字。我念着念着，一向面无表情的黎爷，忽然背身咬着食指抽泣起来。他那肥大的身躯，把头埋进墙角颤抖，压抑的抽泣如虎啸山林，呜呜作响。我去拉他的手指，却被他自己死死咬住，嘴角上竟然渗出血来。

七

一来二往，我和黎爷成了“桥子”（牢话中铁杆搭档的意思）；在队里一文一武，一般犯人更加肃然起敬。

那时的我，虽然表面上装得坚忍不拔，但内心却也悲苦。我常常对他说——传我一点手艺吧，以后出去没工作了，也可以去应聘一个厨师干干。

他一方面笑我扯淡，说万般皆下品唯有读书高，你就别来抢我们厨帮的饭碗了。一方面又说——灾年饿不死伙夫，艺多不压身，学一点这些也好。按他师傅的话说，自古就有儒厨一派，比如什么苏东坡啊袁什么枚啊，都是读书很高的人，但也都是厨帮的前辈，他们都要敬着香火。你学问再高，还是得吃饭。会吃的能把观音土做出糍粑味，不会吃的海参燕窝不如狗屎香。

也是闲得无聊，我没事就开始向他请教起厨艺来。他戏称我们这叫作嘴巴学武——因为没有具体的食材演练，就靠嘴巴传艺，至少在厨帮来说，纯属歪掰。但即便如此，我也经常被他说得口水滴答，饥肠寸断，恨不得立马越狱出去饱餐一顿，再回来投案自首。

有天说烦了，我说黎爷，你抖搂的都是可望而不可得的一些菜谱，这个使不出你的手段来，有本事就拿眼前厨房仅有的这几味材料，做出与人不同的滋味，那我就算服你确有真传。他打眼一望，案板上只有黄瓜。他说那就做一盘拍黄瓜吧，我做一盘，你自己或者请张师傅也做一盘，调料就厨房这些，也没别的，比比就知道高下了。

于是我便去和老张精心准备，犯人食堂的调料确实不会超过四味。很快各自做好，请队里一帮伙夫来匿名品尝——不说哪个是哪个做的。大家吃完，都说那一盘好，翻开盘底，果然是黎爷的。连我自己也吃出明显区别，便有些好奇。询之，黎爷说：拍黄瓜是家常菜，诀窍尽在一拍中。你们用铁刀拍的，所以黄瓜上沾有铁腥味。我用木板拍的，黄瓜的清爽皆在，差距就在这里。另外，都有盐、辣椒和大蒜，你们的大蒜是剁的，我的还是拍的。你们放的是油泼辣子，我撒的是干辣椒粉。怎么样，就这一道，足够你们一辈子受用无穷了。

我其实喜欢的就是这样一些稀奇八怪的微妙之处，觉得中国饮食文化的精深，全在这些细微的民间经验里。比如他对我说，烧制卤肉，都知道五香八角之类的，但真正的关键，却在锅盖上。不盖锅盖肯定比盖了的差，金属塑料锅盖肯定比木锅盖差，一般杂木的锅盖肯定比水杉木的差。水杉木的新锅盖，肯定远不如用了一辈子的老锅盖——因为百年老汤的那熏香，全在这木质里藏着。热气蒸腾，被锅盖压着倒逼回去，那香料的香，才能深入肉缝。用你们读书人的话说，叫什么病入膏肓，反正就这意思吧。

跟黎爷谈烹调，即便在那样的生命中的灾年，依然还是一份意外的享受——当然，也是一种折磨。就跟夜里其他犯人爱谈性话题一样，每每谈得饥肠辘辘，中宵恍觉蛙声一片。

伙房队偷肉吃，是监狱的惯例。队里的干警深知这是伙夫们的特权，往往只好睁一只眼闭一只眼。一般来说是到了开荤的那一天，厨师会先留下一块好肉，单独烹调了留给自己队友，其他犯人吃另外的大锅菜。伙房队更大的神通，则是偶尔托送菜的师傅，可以悄悄带进白酒来。

那一阵监狱的劳改产品被美国攻击，经济效益直线下滑，很久没有改善伙食。某日半夜，黎爷偷偷把我从梦中拍醒，手指圈成酒杯状，在嘴边比画出一个喝酒的姿势，我立马翻身下床。两人来到厨房的菜库里，关灯锁门，但见地上反扣着一把电烙铁，一个小锅正香气扑鼻地咕嘟其上。

我大喜若狂，他急忙食指掩口做噤声状，再从怀里掏出两个小二锅头。两人席地而坐，就着锅里的肉烧青椒，对饮起小酒来。他低声说我知道你父亲病危，心里难过。老哥也帮不了你别的，也不会说话，这顿酒，是我托了几个队的老大，才帮你偷运进来的；这烙铁，还是借的服装队的。我反正也不想减刑，万一被抓到了，你就一碗都推到我头上，就说是我强迫拉你来作陪的。你还是要争取早点回去，你回到社会还有用，我们这些渣滓，老死在这儿也无所谓了。

我喝着烈酒，吃着热菜，眼角上止不住的泪线竟如岩浆一般烫人。我掩饰着不接他的话茬儿，连闷几大口，压制住心头的烈焰，转头只夸他的菜好。我好奇厨房已经多日不见荤腥，他哪里弄来的这顿佳肴。他神秘地笑道：早跟你说过，灾年饿不死伙夫，你该信了吧。这道菜谱，你不学也罢，反正这辈子除开这里，你再也吃不着就是了。

两人喝干吃完，微醺中我啧啧咂舌。他怪笑着说：粮仓中有耗子，我早就发现了，呵呵，终于被我设套逮住了几只大的……你不许骂我啊，哥也不能为你割股疗饥啊，虽然我这也有一身好肉……

对此深情，我还能说什么呢？

八

除开面相，怎么着看黎爷，都不像是一个歹徒。表面上横眉立眼，骨子里却多数时候宅心仁厚。这样的人，怎么会犯下严重伤害罪，且一判就十二年呢？多数犯人都爱私下喊冤，说是判重了，对社会依旧透着恶气。尤其是经济犯，总要拿更大的领导比，说人家才判多少，他这个相对那个数字来说，就是偏重了，等等。只有黎爷，从来没听他说过冤屈，他似乎内心对自己的判决就是——罪有应得。

犯人排队切菜的时候，喜欢嘻嘻哈哈扯闲白——拿官员犯人和性犯罪的开涮。有个税务局来的处长总爱“念条”（牢话指啰唆牢骚），老是说他是路线斗争的牺牲品之类。一天黎爷听见，忽然过来从我手中夺过菜刀和萝卜，悬空拿在手上，唰唰唰一阵快刀，萝卜片薄如蝉翼，雪片一般飘洒出去。大家目瞪口呆地看着，以为他在炫耀特技。一根萝卜削完到根部，他才住手横刀，指着那处长杀气腾腾地说——共产党要把你们，像老子这样乱刀片尽，没一个敢说是冤假错案。你还喊冤？

那处长脸色煞白，支支吾吾不敢还嘴。黎爷气哼哼将手中菜刀飞出，哗的一声斜插在案板上颤抖，背身而去。一老犯知道黎爷的来历底细，嘀咕着对那处长说：看到没？那身架，包公包龙图转世。大家一阵哄笑。老犯警告处长道：你最好离他远一点，他就是被你们害的。处长咕哝冤有头债有主，我又没跟他结仇，凭什么啊？

凭什么呢？大家也好奇，都想听老犯“还个娘家”（牢话指任何事要交底说出缘由之意）。老犯苦笑不语，指着黎爷背影说——嘿嘿，玩菜刀的，好手艺啊。玩大了的就是贺龙，玩栽了的就是黎爷。说书的管这叫时运不济，英雄卧槽。老话说得好——菜刀不能见新血，见了就得要遭孽。你们看，就算是当了元帅，最后还不得冤死狱中。这就是他们厨帮的古训，嘿嘿。

我问那老话的意思是什么，菜刀哪有不见血的啊？老犯慢悠悠摆古，说我也是听他以前闲扯的。菜刀，是他们厨帮的神器，也是他们的衣食饭碗。按说厨师的主要工具是炒勺，但拜师学艺都是要从切菜开始。因此三年满师的时候，要给师傅三跪九叩纳礼。而师傅在送走徒儿的时候，要送一把精钢菜刀作别。但菜刀可以切肉，不能杀生，否则厨帮就不是厨帮，成了屠行了。所以这一行的规矩是，千万不能拿菜刀去杀活物——杀鸡也不行。杀生有专门杀生的刀，屠夫行也分得清楚。如果坏了规矩，厨师就要走霉运。黎爷那一次，按他自个儿的话说——就算是污了老祖宗传下来的那把菜刀。

大家都安静下来，催老犯继续还黎爷的娘家。砧板上切菜的声音如雨点般细碎，又如万马奔腾在遥远的草野，隐约传来摧肝裂肺的武士蹄声……

九

原来黎爷满师出来，辗转各家饭馆，很快成为江城名厨。掌瓢的虽然薪酬略高，但终究是辛苦营生，下人身份。逢到80年代的改革开放，心眼活泛的他，辞去东家，将多年积蓄拿来，勉强开了一个餐馆。他只知道手艺好，有回头客，垒起七星灶，招待十六方。他哪里知道开个餐馆，既要防黑道的搅局，还要会白道的应酬。

黑道上的人，知道黎爷的仗义，顶多偶尔来“揭一个飞碗”（牢话是吃白食的意思），并不格外勒索。但白道上的人，长年伙房闷着的黎爷，却不知道如何打点了。开餐馆的人，不怕你去吃，没有吃垮的餐馆，就怕吃都没人爱去吃。

那时对这些民营馆子，税务实行的是定税制——根据你的客堂大小，座椅多少，大致给你每月派一个额度。你生意好，便能偷税，生意不好，便要冤枉多缴。这个额度几何，掌握在辖区的税务所头上。关系好，进贡多，就少给你定一点，反之，则可能把你罚垮。另外还有工商、消防、卫生、检疫等各种费用，都是你一个小餐馆要每年应对的。

黎爷的餐馆拙于本钱，原本也就十几张桌子。他自己老板兼了大厨，雇了两个墩子，新娶未久的漂亮媳妇，则直接带着一乡下丫头，收银加跑堂。他对人出于本性的大方，自然也愿在吃喝上巴结各个官面人物。税务所的税吏见他豪爽，给他的定税也确实偏低——手下算是存了情面。

但这样的情面，却像欠了他们个人终身的巨债。他们自己来白吃，亲友来白吃，象征性打个白条——你好意思或者有胆去收吗？久而久之，老婆埋怨，黎爷厌烦，打心眼里已经存着恶气。其中那个分管的税吏，入道未久，更是毫不晓事，常来酒后拿言语轻薄老板娘。黎太的念叨，加深了后厨中黎爷的火焰。一天那厮又来宴客，醉罢结账时不想丢份儿，黎太微讽了几句，他更觉在朋友面前失了面子，想要在嬉闹中找补回来。

贫贱之中自有尊严，黎太摔门出来，让那乡下丫头进去结账，却听见包房内传出那丫头的惊叫。黎爷闻声，正在切葱炒菜的他，拎着刀就踢门进去了。只见那人拉着丫头的手嘻嘻哈哈，朋友一边淫笑，丫头挣扎不脱，场面十分尴尬。黎爷压住心火，冷冷地说放开她。那厮放开丫头，转手指着黎爷的鼻子冷笑道：黎爷，你想干吗？准备迁码头了吗？

黎爷压抑已久的脾性，开始从尾椎骨慢慢升起，背心开始寒凉。他依旧不卑不亢地说：请把你手指放下——他除开能接受师傅的手指着他鼻子说话，其他人皆不可能。那人第一次看见黎爷这样面无表情，很不习惯地说：我就指着你了，你想干吗？

黎爷还是压住已经蹿到脖子上的怒火，更加冷冷地说：你要再不放下，伸出左手我砍你左手，伸出右手我砍你右手。那斯到了此刻，依旧还不“懂板”（牢话不知好歹的意思），竟然色厉内荏地起高腔骂道：你说慌了吧？你敢砍老子？

他的手指依旧指指点点，差一点就戳到黎爷的鼻尖了。此刻的黎爷眼白翻出，整个世界的寒凉汇聚头顶，他只能跟这个难以相容的社会两讫了——但听那斯话音未落，黎爷的快刀已经闪电般划过。忽然那个手指就塌拉下去了，再一看，手腕都悬在空中，露出了森森白骨。几乎三秒之后，血才喷薄而出，那斯惨叫一声晕厥过去。黎爷冷冷指着那几个颤抖的男人说：打电话求救吧，我投案去了。

就这样，黎爷跟黎太招呼了一声别等我，提刀转身，大踏步走进了他宿命中的长夜。

十

我那会儿在监狱，算是个要犯。我还有个“连案”（牢话同案的兄弟），也分在这个监狱的石材队，经常来食堂打饭，难免会一起分析案情。监狱的管理，是忌讳连案见面的——怕一起共商大事，横生波澜，于是，要把我调到劳改局直属大队去。

队长已经找我谈话，安排收拾东西，午饭后就来车接走，我只好匆匆去跟黎爷告别。正要准备上灶的黎爷，喊一个厨师接替，自己解开围裙，把手擦干净，张皇失措地盯着我，嗫嚅着不知道说什么言语。半天相对无言，他忽然说：不是还要吃一顿中饭吗？哥跟你单独开伙。

他肥胖的身躯，忽然变得像凌波微步一样轻灵。只见他贼一般四处穿梭，在白菜堆里选妃似的选出几棵，极快的刀法挥舞，露出几个嫩黄的白菜心来。门背后找出来犯人私藏的风干的猪肉皮，他在火上燎去杂毛，然后迅疾在一口锅里倒进监狱不多的一盆菜油，烧沸，丢进猪皮，转眼就炸出虾片似的鹅黄，且爆出泡眼鼓胀成几大片——完全认不出是猪皮了。

他捞起猪皮浸入冷水，一会儿便变软，然后快刀切成长条；再烧开水放进去煨煮，之后放盐，投入菜心，文火熬制，起锅，撒上葱花……一盆看上去清白嫩黄的肉皮白菜汤，就这样在我眼皮下神奇完成了。他自己先尝了一口，皱眉感叹：可惜没生姜，没胡椒，兄弟，牢里头只能这样将就了。

他亲手给我装上满碗白饭，让我就在厨房吃，他要看着我吃完。多么清素淡雅的一道菜啊，我至今难以忘记那种美味。肉皮绵软弹性，毫无荤腥，菜心嫩滑，清苦回甘……罪人间的君子之交，也能其淡如水，其浓醇如这一盆清汤。

之后，我调走，我满刑，我背井离乡……出狱的人，牢话说——撒尿都不愿朝向那个待过的地方。等我终于可以抬起头还乡之日，我曾经去过那个监狱。我找到曾经的干警，打听那个叫黎爷的犯人。他们说——也满刑走了，天知道去了哪里？

人生的遇合聚散，原也无须那么刻意。狱中结下的无数缘分，或生或死，亦贵亦贱，苟存偷生的我辈，多数人甚或不想再见。他们在重返人间的正常生活里，是需要埋存很多记忆的。更多依旧还在刀头舔血的伙计，则更不愿你在大街上，喊出他的原名。

邂逅黎爷，算是一奇，果真应了那句“江湖儿女江湖见”的牢话。我问他如今如何，他更加面无表情地说：老祖宗留下的饭碗，摔不破，饿不死。我想帮他重起炉灶，他摇头叹道：兄弟你就别再害我了。天生掌瓢的命，别去做老板的梦。这世道，说穿了跟我们菜谱一样——牛肉服青菜，鳝鱼服紫苏。配伍对了就好吃，你忘记我们牢话说的——是什么“模子”（牢话指出身、禀赋的意思）吃什么饭。我要再开餐馆，说不定更要进去了。

古人说——良厨如良相，治大国如烹小鲜。窃以为那意思是说，一个明白事理的厨子，原本可能有安邦治国的才能。不幸埋没风尘，只好在灶台上的烈火硝烟里，铁勺金戈，排兵布阵，从而辗转他的余生了……

遗民老谭

一

去年，章诒和大姐忽然来电话，兴冲冲地问我故乡是叫利川吧，答曰是。她又问那你认识一个叫谭宗派的老人吗？我笑问：您怎么会知道他的啊？她说她第一次回故乡安徽，在那里的一个故老，和她谈起了我的家乡，并向她推荐了老谭——说这是一个埋名深山的高人。我对章大姐笑道——这是我的至交，没有人比我更熟知其人其事，其悲辛的一生……

老谭——我一直叫他老谭，与我忘年相交三十余年，其实算起来，他应该是我的父辈人物。从 80 年代初开始，我们就这样没大没小地订交起来，故乡街面上，鲜有不知我与他的深厚渊源的。那时，我是县教研室的菜鸟科员，他是县志办打零工的编辑写手。而他刚刚出狱未久，彻底平反的申诉，还正在频繁奔走苦求之中。

他是50年代利川的文学作者，我是80年代山中的文艺青年。整整两代人，却因为闭塞艽野，有此同好者非多；虽曰萧条异代，竟然也一见如故地相知相惜了。那时我大学归来，青春泼皮，在小城横来直去，很有些挥斥方遒的公子哥恶态。老谭则是身形魁梧，却一身寒素。二十年深牢大狱回来，还不免有种劫后余生的谦谨——但那表面的恭顺与和蔼背后，我依然能觉出其中的傲岸。在山中，他这样一个50年代初的州府一中的老高中生，骨子里是眼空无物，且不与人群的。

二

老谭身高一米八，与我初识之日，不过四十有六，正当壮年。那时正是改革开放的初期，国家拨乱反正，社会略显松绑。牢释人员的他，尚待政府更名其贱民身份，但依旧对未来积极乐观，似乎看不出丝毫怨恨。他镜片后面的小眼，总是笑意盈盈，和我们诗社那帮小混混，也多能玩笑一处。因为贫困，他从不烟酒。

其时，我和一帮兄弟在创办地下诗刊《剥枣》，老谭虽非社中同仁，但却是积极的参与者。我们组织诗会，则更多仰赖他的协助。他在劳改队办展览，练就一手标准的美术字，但凡写大字会标之类，全看他一个人在那儿画字并剪贴。我们有些活动偏激，他便在一边善意警告——我深知他的冤狱始末，也理解他的那种寒心和余悸。

我和他走得更近，是因为我调到宣传部之后，计划编写一本话说利川的闲书。我强调必须借用老谭，上级开恩，就成全了我这一企图。于是，我和老谭得以在很长一段时间，一起出入整个县域的乡村山水之中。在那一段时间里，我才算是真正了解了这个隔绝世界二十年的流徒，对故乡民俗文化和文史的烂熟。

他带着我走乡转村，深入边僻之野，访古问道。通常，在那些崎岖泥泞中，我根本无法跟上他的昂首阔步。他初出狱那两年，就是挑着担子，凭借一个漆匠的手艺，镇日行走在这样的艰难之中寻觅口粮的。他熟知哪里有风景，哪里有遗贤；他指着沿途的墓葬告诉我，这是巴人的悬崖穴墓，那是拾骨葬的古俗，这是苗民的合墓，那是古代汉民的庐墓——把坟墓安在家里堂屋中以示敬祖的古礼。

那时乡下没有招待所客栈之类，我们总要借居农户，搭伙寒门。老谭总是很快就能和山胞们搭讪熟悉，会将干净一点的床铺让与我睡；当然，更多的时候，我们则是抵足而眠。他熟知一切土家的民俗风情和礼仪，会唱山歌孝歌和号子。他仔细教我分辨哪种是石工号子，哪种是抬丧号子。可以说，关于故乡的那些民间文艺，我的知识多半取之于老谭。

三

1983 年的老谭，终于在他的固执申诉下得以改判无罪。国家没有任何赔偿，当年陷他于狱的警察和法官，没有任何道歉。但是，他终于获得了一份正式的工作——安排到工艺美术厂，再调入文化站、文管所，还算是用其所长。

老谭的妻子，是其出狱之后娶的一个极端贤良和勤劳的农妇，靠摆摊卖亲手腌制的泡菜腐乳之类，勉强帮老谭贴补家用。他中年得子，白屋之中，珍如珠贝。老谭见我喜欢那孩子的顽劣，便送给我做"教子"，几岁的娃娃，呀呀欢叫着我这个尚是童男的"教父"。按民俗，这样的易子而教，也需行一个简单的古礼。老嫂子专门备了一桌好菜，我则给孩子送去一套读物和一把玩具剑，意思是要他长大也明白书剑恩仇。

后来我出山，每还，必与老谭长谈。再后来，我又轮到了他坐过的牢房。他、刘镇西和我，一代代山里读一点书的人，似乎宿命地都要押解到省城，想起他们前辈曾经的坎坷，也就不觉得自个儿的艰难了。等我出狱再见他时，他已然满头星霜。老少两代罪人相视一笑，背身却各自掩饰着各自的泪痕。依旧必请回家，依旧老嫂子亲炊的土菜，依旧我独酌，他陪茶，但他们二老的密布皱纹里，却平添了一些哀愁……

原来我那“教子”如我，青春早恋，被老师训诫和同学嘲讽，突然有些失常。原本是理科状元的他，坚决弃学，眼看高考在即，二老束手无策。等到我在北京安营扎寨了，老谭电话求我，说孩子休学一年，依然考上民院，入读之后又被网络迷途，坚决要求退学。他准备带孩子到北大校医那儿去治疗，希望我略助一臂。

我急忙将他父子迎来寒舍同住，孩子入院治疗，我则请老谭帮忙看稿编辑，顺便开支一份工资以便聊补困窘。六旬退休的老谭，工资几百元，老妻亦衰朽残年，依旧还在寒冷的菜市守着那些坛坛罐罐。老话说，落叶添薪仰古槐——我是深知他们一家的捉襟见肘的。可是，布衣之交的我们，杯水车薪的涓滴互助，又何能尽释寒门的重负?

我很多时候，只能说，他的苦难要么是命中注定，要么就是时代的造就。他在青春时代即被改写的命途，便像魔咒一样限定了他的后来。

四

很多时候，我想不清楚究竟该怎样来给老谭定位。几乎每一个县市小镇，都有一个或几个类似于老谭的人存在。他们熟知本地的人文掌故，埋首于故纸堆读写并传承着民间的道统。他们平生寒苦，不逐蜗名微利；白眼朝天，万事鸡虫，看穿了浮世的浅薄与功利，只是低调，仿佛卑微，而实则睥睨冠盖地活着。他们在漏雨深巷中坚守古礼，寒泉淡食甘之如饴，在世界的槛外、微醺的樽边独自冷笑，抑或歌哭……这就是贯穿千古中国的遗民。

老谭出生于 1935 年，3 岁之时，抗日的武汉会战开始，省府败退鄂西深山。真正的乱世，正由每一个国民分担。他们家并非巴人之后，他的始祖是蒙古军官，元末被派往利川镇守南蛮。元朝覆灭之后，分驻僻野的蒙兵无法北归草原，只好在明初落业当地，他们祖上则归为谭峒安抚司所辖，因此改巴人姓氏为谭。

其后明清两朝，列祖有的当过总兵、知县，封过侯爷，但多数都是平民，于历史上无足轻重。老谭的父亲在光绪新政时，曾出任县衙吏员、警员，后辞职，在家和吏员叶松甫父女、仵作杨志清一起，悉心研习扬琴。其父是利川扬琴曲的首创人员之一，琴书自乐到民国，家道败落，但他却和秀才黄成绪一起创作了大量“扬琴曲子”（剧本）。可惜，这些剧本在“文革”中都被付之一炬。

乡间的乐者，自古都是师旷一辈人物的精神传承者，自命清高，不事经济，以身入衙门为耻。老谭的家训是“人生莫当官，当官必作冤。孝义要牢记，读书足吃穿”。他在新政初年便考上州一中，成绩名列前茅，却因体检而落第；而他的同学，则不乏清华北大者。他 1957 年便在省上报刊发表组诗，在当日的山中，可谓才俊风流。但是，未能上大学的他，则只好到硫黄厂打工。也许因为粗通化学，在养病中又被聘请到工艺厂研制肥皂。

也许正是散落在地方上的知识青年，声气相求的不多，才慢慢在他的身边聚集了几个同样爱读书议事的世家子弟。这几位因为家庭在土改中被毁，难免对新政颇多腹诽，有的甚至在当年参与过暴动和抵抗。当时光推进到 1958 年之时，整个国家已经在土改、清匪反霸、镇反、“三反五反”、“反胡风分子”等系列运动中，基本消灭了所有的异己分子，而山城利川还在“反右”。专政机关根据线报，很快便锁定了这些世家子弟（多是教书人），以及他们身边的老谭，是潜在的可能之敌。

于是，各种秘密侦查的方式开始运作，线民被派到老谭身边钓鱼。他们故意来宣说一些近乎反动的话，勾引这位年轻的乡村知识青年出笼。1957 年，大饥荒渐至，但凡天良未泯的读书人，岂能真无怨言。他们跟着人家的言路，却落下了自己的话柄。23岁的老谭，完全无意地掉进了“反革命集团”案的陷阱。

五

四五个文学青年的所谓谋逆大案，完全凭空构陷。这种所谓侦破，仅为贪冒功赏而不顾草菅人命。即便三木之下，依旧无法索求一致的口供。因为，他们这些民国过来的遗少，即便对新政颇有微词，但确实不敢策划任何的反叛，更不要说所谓的“现行反革命”行动了。尤其是老谭，原本对新社会不乏感恩，家族也素无仇隙，所谓意见，也仅限于对某些干部的少许批评而已。

他们在利川的看守所脚镣手铐，一关就是三年。脚镣磨烂踝骨，脓血粘连钢铁，至今腿上犹有伤痕。最后酷刑之下，人人皆怀求死之心，而不得不承认任何莫须有的指控。但毕竟确不存在的阴谋和未经商量的供述，是难以完全落实判决的，他们就这样生不如死地渴望着早日走向断头台。

终于，其中一个嫌犯牟宪文熬不住这种漫长的考验，像《肖申克的救赎》一样掘洞越狱，但是很快被追捕回来。在那个年代，敢这样公然越狱对抗无产阶级专政的犯人，岂能不是反革命分子！于是，原本难以定案的老谭一伙，被激怒的押司很快定谳为现行反革命集团罪。于是，毫无罪行的老谭，被重判了二十年徒刑。

初被捕时，老谭戴着手铐被押回抄家，其父正坐在一把烂藤椅上，看他写的歌颂新社会的文稿。突然面对儿子绑缚回家，老人如五雷轰顶几乎当场气绝。当时的老谭远未想到此别竟是永别，还笑着安慰父母，会很快还他清白。警方把他家四代人所读的书挑了几担，一并没收。他外公是秀才，曾祖乃名医，几代的书香门第，初初踏入新社会，竟然就此打入了“反属”的另册。

之后，他们被发配到宜昌劳改。在他入狱五年之后，其父在耻辱和悲愤之中悄然长逝。他不知道家里的消息，更不可能千里奔丧。再之后，他们被流放到更远的汉阳，他将在那个著名的劳改砖瓦厂，和泥拉坯耗尽他的整个青春年华。

六

晴川历历汉阳树，多少冤骨寻无处？

我是熟知当年汉阳劳改砖瓦厂的严酷的——和泥拉坯要的还只是力气，真正要命的是出砖之日，为了抢速度提高产量，砖窑刚刚撤火不待完全冷却，就要犯人排队进去取砖。武汉的夏日已如火炉，犯人往往要将破烂的被子浸透冷水，披在身上冲进去抱着火热的砖跑出来。只需几趟下来，那湿透的被子就被烘干。

60 年代初到 70 年代末，监狱中政治犯遍地皆是。而政治犯又多是知识分子，前朝遗留的老弱病残。要这样一些人从事这种强体力劳动，无异于变相处死。所幸老谭虽也戴着眼镜，却是山中平民之家出来的壮汉。那时年当而立，尚能勉强求生。在整个中国都处于大饥荒的年代，他说幸好监狱还能填饱粗粮。

二十年是怎样的概念？未经炼狱的人，怎知这一时间的真正长度？老谭像多数政治犯的传统一样——坚持“服法不认罪”，意即既然判定入狱，就必须遵守监规队纪；但对于强加的罪名，绝不自我承认。在那个申诉可能改判死刑的年代，即便再怎么冤屈，往往也只能隐忍。监狱还有一个恶法就是——凡是上诉或不认罪的囚徒，一律不给减刑。

犯人每月有两三元的生活费，用来买牙膏卫生纸等必需品。老谭念及父母的孤贫，竟然还能一年节约出十元，托干警寄给远在深山的双亲。父母没有回信，在那个人人自危的岁月里，更没有亲友千里相寻前来探亲。就这样，二十年，他始终不知道家人的死活。

终于熬到了1978年，那时已经打倒“四人帮”两年，老谭也终于熬到了刑满。劳改队对于那些无家可归的犯人，一般就动员刑满留场就业。老谭坚决要求回山，他在拖延了一个月之后，拿着监狱发的那点儿路费，挑着坐牢用的被子，第一次走到了汉口码头。这就是省城啊，他在省城边上劳作了十六年，第一次看见了这个城市的模样。

正好是深秋，1978年的第一场大雪，落满了老谭的发间，掩饰着他那早早降临的满头星霜。买舟西归，溯流而上，五天后抵达万州，再乘车奔赴久违的利川。二十年，儿童相见不相识，他摸索着找回深巷中破败的老屋。没有人知道他是谁、从哪里来，山中早已谣传他瘐死狱中。

他轻轻地踏进家门，发现陋室空堂，只有80多岁的老母正在灶屋的竹子楼上拣洋芋。他不敢喊，怕老人一激动摔下来。他在楼下站了半小时，流了半小时的泪，才看到老母亲一手抱着小半撮箕洋芋，一手扶着单楼梯，一喘一哼地从楼上抖抖索索地下来。他大喊一声妈妈，老母已经失聪，完全未曾察觉儿子的归来。他上前跪倒尘埃，抱着母亲的脚痛哭流涕，老母才白日见鬼般惊觉有人；开始是呆痴地望着他，毫无表情；后来，忽然一下就倒在地上晕死过去，撒了一地的洋芋，仿佛满地乱滚的大颗泪珠……

七

43 岁的老谭出狱后，他哥哥接纳了他死而复活似的归来。他哥亲手用木板在灶屋一角为他钉了一个约有六平方米的房间，他自己拖石拉泥把地面平整，用祖上留下来的两条高矮各异的板凳搭铺，便算有了一间自己的蜗居。

家里寒苦，一个老人四个侄子，全靠哥哥一个人工作，嫂子做零工周济一家。幸好哥哥效力的电力公司，临时需要给电线杆刷油漆号码；老谭在监狱学过漆工，正好一个人背着油漆、刷子、雕版、板凳等，追随着电线的方向乞食。电线杆多在岩上田里，翻山越岭，上坡下坎，风餐露宿，一干就是两月，总算挣到了第一笔活钱。

胞兄四处张罗为他成家，在那个年代，谁家的大闺女敢嫁一个牢释犯？其兄只好劝他面对现实，托人为他介绍了一个寡居的贤良农妇。老谭看其心地善良，且不嫌弃他的贱民身份，于是便在那一无所有的灶屋里成了家。几十年后回头看，幸亏他们当年的互不相嫌，才有了后来的患难与共。虽谓贫贱夫妻，却是真正相濡以沫白头偕老的幸福眷侣啊。

成家未久，按乡俗要树大分桠，人大分家。于是，老谭便用油漆桶做了个炉子，正式分灶开伙。荆妻寒门出身，熟知各种野菜，老谭零工养命，三餐煮面当饭，但好歹这是他们自己的家了。当年春节，哥哥给了他一个小猪头和一小块肉，朋友给他送了一些萝卜，两口子寒泉配食，度过了自由世界的第一个新年。

之后，通过其兄关系，老谭进了城关镇的油漆厂，算是有了固定的工作。但是，好景不长，油漆厂油漆失火，本来与他毫无关系，但罪责按惯例还是栽在了他这个“坏分子”的头上。于是，他被驱逐。包里只有四元钱，走投无路的老谭只好走出利川，走出那寒酸但温暖的小家，来到州府恩施。他不敢吃住，在清江桥下坐了一夜，次日便用四元钱买了两把刷子和一小盒油漆，挨家挨户去找活路——问别人有没有碗柜桌椅要刷漆。做得好随便给点工钱，做得不好只管一点饭。

这样混了许久，他终于找到了一桩活路——摸落麻风病院去刷门窗！虽然那是一个怕传染谁也不愿去的地方，但对急需望门投止的老谭来说，这就是天赐良机了。就这样他又混进了安稳现世，开始渐渐熟习这个久违了的社会。久之，天性聪颖的他，渐渐地成了一个小油漆包工头。直到申诉平反，才重新安排进工艺美术厂当油漆工，每天工资 0.6 元。但每月 18 元的俸禄，对他那个嗷嗷待哺的老妻和初生的儿子，就已然是皇恩浩荡了。

八

炼狱出来的人，天生多有奔命的本事。劳改队的老话说——是太阳总要升起。老谭的知识储备和与世无争的品格，渐渐为周遭社会所器重。后来，民委把他借去编《土家族民族志》。再后来，又因文才展露，把他调到了城关镇的文化站。以后便搞文物、写地方志等，成全了他位卑然而受人尊崇的余生。

奉母，娶妻，生子，以一个布衣的身份，重塑乡村历史，传承民族文化。他辛苦而自得，终于开始了真正的人的生活。

我深知老谭的心灵手巧，本质上我们都是那种生命力特别强盛的男人。无论怎样的厄运，似乎都无法压垮我辈的精神穹窿。一个老读书人的本色，倘若不被时代所摧残，必将在一个开放和自由的社会凸显出来。他对这个古老县治的熟悉和热爱，在山里可谓无人能出其右。也因此，他得以告别筚路蓝缕的手艺人生涯，回归他打小热爱却被漫长隔绝的书桌。

1983 年，在平反冤假错案的社会背景下，他得以改判无罪。一个无罪的人，生命却被活生生地剪走了 20 年，那是真正最可宝贵的青春啊。他拿着那个改判书，老泪纵横。他无处说理，无处追赔，他只能到父亲的坟头长歌当哭——让亡灵相信他，在这个国家，他确实是一个没有罪过的好人。

他以后的全部生活，就在我的故乡发掘着那些残存的文脉。他几乎忘记了那个时代强加给他的侮辱和折磨，无怨无悔地书写着利川。故乡今日的小有薄名，端赖老谭余生的奔走和研究。他先后撰编出版的有《利川市文物普查资料汇编》《利川市文化志》《鱼木寨研究》《利川文化遗产撷英》《支罗船头寨研究》《利川灯歌》等几本书籍，先后在省级以上刊物发表各种文章数十篇。利川现有的大水井、鱼木寨、利川灯歌等国家级文化遗产保护项目，都是由他主笔撰编并申报成功的。他为宣传利川土家文化，多次接受央视及湖北、凤凰等电视台采访。

而今，他已年将八旬，还在参与编撰《土家族大辞典》。我们都在各自自由了的岁月里，开始抒写自己喜欢的文章。我浪迹江湖，他依旧寒素如昨。每年还乡，他都要陪我重走往日山河。他依旧一身布衣，不喝酒，不抽烟，不求人，不拜官，健硕如壮年。他守着老妻和仍未更事的孩子，粗茶淡饭地在那依然破旧的老屋，读书上网，发帖甚至QQ，一步不落地更新着自己的精神生活……

乱世游击：表哥的故事

一

母亲在世时，曾经跟我说过，她在云南有个堂兄。

母亲堂兄的儿子，我们叫作表哥。大姐见过其中的二表哥，经常给我说起。说是在云南，已经是港商，但常住在昆明。我往来于滇西北道上多年，穷在深山，生怕去叨扰富贵的远亲，因而一直未去拜见。

后来昆明的一家媒体偶然访谈了我，发表出来被表哥看见，他知道我在大理，便要我借道昆明时，一定去家里小酌。我先是抱着礼节性拜望的意思去的，两手空空，在大街上见到了我素昧平生的二表哥。但见六十岁的他，一身休闲装，大大咧咧，腰圆膀粗，步履生风，完全看不出一点老态。他把我带进他的私立艺术学校，不卑不亢地落座，一杯清茶，两弟兄完全不像是平生的初见——直接就开聊了……

他的父亲是我外祖父的亲侄儿。我外祖父抗战期间驻守昆明时，他父亲是副官。他的外祖母是湖北天门的华侨，二战时，他的外祖母和母亲随着英军撤侨的军舰，从非洲穿过亚丁湾来到印度，后来经缅甸回国。就是在昆明的湖北同乡会上，我外祖父将我表哥的父亲介绍给了他的母亲，才有了他们一家几姊妹的诞生。

表哥行二，上有一兄，下有俩妹。我坐牢时，他和其父去见过我的父母，但我现在已经见不到他的父母了。我们两家各自在这个时代的遭遇，也可谓异曲同工，各有各的悲辛艰难。那一夜我们哥俩由茶到酒的长谈，至今想来，仍觉心底的哀婉悱恻。而我和他，则似乎是这个庞大家族中，最为相似的两个后人。我们各自的野蛮成长、惊心动魄的青春游历，竟然也是那样的令人血脉贲张……

二

抗战胜利凯旋之日，我的外祖父作为邱清泉的黄埔同学兼参谋长，并未跟随邱部转赴东北内战。他接管武汉警备之后，表哥的父亲（我应该叫大舅父）也随之留在了武昌法院，那时，他的家人仍旧还在昆明。武汉易帜前夕，我外祖毙命于鄂西道上。表哥的父亲一看大势不好，也急忙卸甲赶回了昆明。

表哥的母系，是一个很庞大的华侨世家。他的外婆育有众多子女，分别在南非、欧洲、印度、香港、越南和缅甸经商。龙云在昆明起义前夕，表哥的母亲和外婆，就动员他的父亲带着全家逃亡。他们完全可以经由越南到香港，他母系这一支人是见多识广的商人，也习惯了这种乱离生涯。但是，他父亲却觉得共产党不至于为难他们，遂阻止了大家的再度迁徙。

新政权初夺天下，各地都会马上招募识文断字的人为其服务。表哥的父亲进入了供销社，短暂学习之后，分配到曲靖乡下。昆明是和平解放，前国军人员最初并未立马清算，因此他躲过了 1951 年的镇反运动。但天下底定之后，众多的国民党官员未能撤往台湾，很多进入了新政府任职，其中也不乏潜伏分子。于是在 1954 年，又开始了让人闻之色变的内部审干和肃反运动。

这一次，我这位大舅在劫难逃，被捕入狱。经过一年多的严审，最终发现他只是文员，并无血债，于是放出来继续就业。但是，随着农村集体化和城市工商业的改造兼并开始，社会出现了颇多怨言和对立情绪。1955 年 3 月，毛泽东在中共全国代表大会上讲："国内残余反革命势力的活动还很猖獗，我们必须有针对性地、有分析地、实事求是地再给他们几个打击。"

同年4月，公安部报告说，反革命分子"利用一些群众对农业合作化的不满和工作中出现的缺点，造谣惑众，制造骚乱和暴动；资产阶级中坚决反抗社会主义改造的分子进行报复破坏活动；一部分反动富农破坏社会主义改造和农村各项中心工作"。于是，中央指出，必须"严厉镇压一切敢于破坏社会主义建设和社会主义改造的反革命分子和犯罪分子"，"目前要着重反对该捕不捕、该判不判、重罪轻判和该杀不杀的右倾情绪"。

于是，史称"第二次镇反"的运动又开始，表哥的父亲再也难逃天罗。所幸，老实巴交的他只是被捕判刑，没有绑赴刑场。

三

那时，表哥和他的哥哥跟着父亲在乡下生活，他母亲则带着两个妹妹在昆明求生。两个屁大的孩子，突然失去了父亲，更不懂得如何去找母亲联系，几乎在乡下饿死。他哥哥不得不学着偷鸡摸狗，勉强和弟弟饥寒相依。等到他们的母亲得到传言前来接他们回城时，两个孩子已经浑如乞丐，浑身爬满了虱子跳蚤，饿得几乎气息奄奄了。

表哥的外婆和母亲，原本是牙医世家，且是华侨身份；虽然新中国不让他们个体执业了，但是最初好歹没算太受迫害，安排她们进了公私合营的服装厂工作。他的母亲独自带着四个儿女，靠着过去的积蓄，勉强支撑着这个濒危的家。但是她开始深深地怨恨丈夫——他们本来可以出国尊严生存的。为了孩子们不受歧视和牵连，她选择了和狱中的丈夫离异。

就这样，表哥一家颤颤巍巍地熬到了“文革”爆发。当昆明开始出现大规模打家劫舍般的查抄运动时，他母亲把他外婆和多年珍藏的细软，一起送到了乡下他的小舅舅家里。有一天，十几岁的表哥独自去乡下看望外婆，忽然发现舅舅家遍地狼藉。他顺着邻人的指引来到操场，看见人群正在批斗他的外婆，而舅舅则被捆绑着吊在篮球架上。他看见从舅舅家抄出来的所谓珍宝，竟然更多的是他们家在民国抗战时，响应政府号召，在海外购买的爱国公债。这是他们华侨世家的拳拳之心，摞起来高达两尺的债券啊，民国没了，无人偿债，但是他们终究也舍不得扔下的这些象征性的财富，现在竟成了他们等待国民党反攻大陆的罪证。

年少气盛的表哥，实在不忍看外婆和舅舅的惨状。他号叫着冲进人群，强行解开舅舅的绳索，和前来干预的红卫兵对打起来。人群大乱，乡下的红卫兵对这个省城口音且来路不明的青年略存畏惧，而乡民们则颇多同情他们一家好人，两厢拉扯起来，舅舅便带着外婆逃离了混乱的现场。

他拼命冲出重围，引着追兵往铁路上跑。他不知道乡村乱象的出路何在，只知道沿着铁路，他还能跑回省城，跑回那个在革命时代风雨飘摇的家。

四

其实，乱世中的家，皆如危巢。学校已经停课闹革命，初中即将毕业的表哥，已经被编入上山下乡的名册。外婆和舅舅，实在无法再在那个小城苟安，这时也逃来了昆明。看着各地遣返逃亡“五类分子”，合家商议，只有把外婆偷渡送往缅甸的姨妈家，才可能逃过这一劫难。

可是从昆明到缅甸，必须要经由边城瑞丽。而那个年代，此行一千几百公里，坐车也得五天，更不要说进入边境必须经过几道边关，没有合法证件根本难以成行。表哥决定自己去探路，而这是他也从未踏上过的冒险之旅。

在过去子女多的家庭，往往总有一个孩子，天生就是这个家的顶梁柱。也许是艰危岁月的玉汝其成，我这位二表哥十几岁开始，就已然胆大妄为敢想敢干了。他独自跑到知青安置办死缠滥打，坚决不肯去原本安排的版纳方向，而要去更为艰苦的瑞丽县。安置办被他搅得无法安宁，只好改派他去这个边境小县。他拿着户口和一百元的安置费，直奔百货市场。他异想天开地买了几十双解放鞋，包在一个被子里就上路了。

楚雄、大理、宝山、瑞丽，百二河山昼出夜伏，他抵达那个非常小的边城时，几乎身无分文。他没有去当地的知青办报到，而直接去了边境线上的一个乡镇赶集。那个年代，边民们赶圩都是随时可以跨越国境的，而缅甸的山民则多要到中方来购买各种日用品。表哥的解放鞋正是当年缅胞的时尚，很快就以两倍多的价钱一扫而空。一百元变成三百元，在那个年代，他顿时俨然腰缠万贯。

他去知青办寻求安置，该主任按规定，要把他分到一个知青部落。而他的目的是要帮外婆偷渡，当然继续坚持要求去边境线上的一个寨子落户。主任坚决不允，他反正死活不去，每天到知青办闲坐扯皮。实在无法，某日他跟踪主任的孩子放学回家，然后一脸坏笑地对主任说：我也不下乡了，以后就负责接送你家的孩子。主任实在担心这些省城来的坏小子无恶不作，只好妥协，将他分配到了他想去的那个山寨。

那时的多数日用品，都是要凭票供应的。知青安家，可以去知青办领票购置。他几乎一天劳动没干，就成天往知青办跑。

今天要一点烟酒票，明天要一些布票肥皂票，拿着这些票证就去购物，转手就去集市上倒卖。这个华侨后裔，似乎天生财商超人，十七八岁就精明多智，精打细算着自己好逸恶劳的青春生活。

五

完成越境的踩点之后，他给缅甸的亲戚去信联系接应。他转道昆明，带着外婆和小舅舅，一路晓行夜宿穿州过府，终于绕过多道边防军的关卡，顺利进入缅甸，将外婆交给了那边的亲戚。

但是那时正是缅甸排华风潮严重之时，那边的亲人也无法提供生存的机会给他们两个男人。想到在国内所受的迫害和歧视，回去也毫无前途，于是他们干脆就在边境线上的佤邦，参加了缅共游击队。

关于缅共反政府游击队的来历，而今很多人已经迷糊。实际情况是 1948 年缅甸宣告独立，但缅甸共产党力量微弱，被仰光政府打压驱逐。缅共内部矛盾斗争加剧，分成了红白两派。红派学习苏联，日渐衰败，到 1972 年，便烟消云散了。而白派领袖德钦丹东学习中国，在缅甸南部建立了武装力量。50 年代后期，由于不抵政府的军事打击，这支队伍退入中国，被中国政府安置在了川黔两省矿区。

60年代，中国与缅甸边界谈判，中方做出了很大让步。但1967年“文革”中，在缅甸仰光就读的华人学生，也成立“红卫兵”，开始了一系列过激行为，以至于引起大规模的反华活动。大使馆和新华社分社被砸，旅缅华人惨遭牵连，两国矛盾突然加深。缅共的彭家声部这时也被驱赶退入云南，这支武装马上被解放军整编和训练。当时早已在贵州和四川的原缅共成员，也被紧急集合武装起来，正式打出“人民军”的番号，向缅甸政府军发动了突然反扑，而当时云南军区被赋予了支援缅共的任务。

由中国军事顾问和先进武器装备的人民军，一夜之间过关斩将，转瞬占领果敢地区，向萨尔温江西岸扩张。他们编制成立了四个军区，这就是今天缅北佤邦、掸邦各个割据势力的由来。当时，正是中国知青下乡运动大规模开始之时，如火如荼的缅共武装斗争，给了这批苦闷青年一个诱惑——与其在国内务农，不如参加世界革命。更重要的是，当时的中国政府，不仅提供武器和顾问给缅共游击队，还认可中国知青越境从军参加“革命工作”。

表哥和他的小舅来到缅北的一个征兵站，二话不说，每人马上拿到一套简陋的军服，以及中国制式长枪和弹药。缅共根本就不培训这些新兵，他们立即被分配到两支部队，转身就投入了著名的“滚弄战役”。

六

天性尚武且机敏过人的表哥，无师自通就学会了狙击和野战。他所在的那个营，主要驻守在一个原始森林里的壕堑中。目光所及的山下，是一个坝子和一些农户，对面的山上则是政府军的驻地。坝子乃缓冲区，农民也不管两方的冲突，依旧自耕自足，同时还要为双方都提供菜蔬补给。

白天基本无战事，夜里，双方都会派出小组，去对方阵地偷袭和骚扰。在死神面前，大家轮流上场，各自凭本事和运气拼搏。轮到表哥时，他和两个战友多带了两颗地雷。他们在夜色中潜入敌方营地前，在逼近的小路上埋下杀器。然后他朝着对面堡垒的隐约灯火射击，立刻引出了喊叫着的追兵，很快一声巨响，一片惨叫……他们得胜回营。

那时的缅共，经费不足，供给自然也是朝不保夕。他们在丛林之中，成天与各种蚊虫和旱蚂蟥作战，常常食不果腹。但是战斗的血腥味，在那个充满革命的年代，几乎天然地吸引着这些从小看战争电影的浪漫青年。十八九岁的孩子，虽有时代迫害的怨尤，却又多数响应毛主席的号召。他们“在战争中学习战争”，枉自挥洒着他们的青春热血。他们在自家尚不能解救的厄运中，却在热带丛林中幻想着世界革命，妄图去解放全人类。

表哥身边，一批批知青战士默默死去，一个个幸存者开始站在了指挥岗位上。伤残的英雄一样树立为模范，政工干部夜夜催眠着这些走投无路的男女。但任何一个时代，都有一些天资禀赋不同的思考者。表哥的一个战友，同样是昆明知青，其父曾经是龙云将军的参谋长，在那个特定年代也被打倒，孩子们跟着饱受欺凌。这个冷静聪慧的年轻人，与表哥成为烽火狼烟中的铁血哥们儿，在兵戈血肉的厮杀间隙，他开始厌战，开始私下倾诉对这场革命和战争的迷茫……

革命从来不允许怀疑者的存在，更何况这种被迷惑而虚构的义战，从根基上就害怕被质疑。缅甸百姓对游击队带来的不安和重负，啧有烦言；毫不高尚的同族厮杀，也让这些确实有一点知识的邻国志愿者，渐渐寒心起来。表哥的这位唯一可以肝胆相见的战友的日记，终于被缅共政委在例行检查中发现。他的笔下流露出的对缅共的质疑，以及对前途的悲观绝望，使得政委杀机顿现。

为了杀一儆百，队伍集中观看对这个潜在的叛徒的宣判。他被罚跪在地上，南亚的烈日在雨林中腥热潮红，千山鸟飞绝一般的寂静。一个为了逃避“文革”迫害、曾经怀抱崇高理想的中国青年，却被叛军冷血地击爆了青春的头颅。那一刻，表哥看见了飞迸的脑浆，带着那些缤纷的思想碎片，暴雨般散向异国沃土。他强忍的泪眼突然看见了恐惧，看见了革命的无情和虚无……

似乎是为了考验他的忠诚，他被点名抽出来挖坑埋葬他的兄弟，他一点一点收拾着那些生命碎片。他看见那爆裂的眼珠，绝望地朝向北方，在那迢递千山之外的北方，是他的祖国，是初恋，是倚门终身的老母，和那个同样破碎的乱世之家。天性血勇的表哥，埋葬了他的同胞，同时也埋下了他的愤恨和质疑……

七

就像当年苏共对中共的“国际主义援助”一样，中国方面对缅共，也投入了大量的人财物力。这场被邻国暗中支撑的内战，令缅甸政府头疼万分。两国原本建交，领导人还得在不同场合见面，缅方一再向中方提出抗议。70 年代末，中国大幅度调整外交政策，“独立自主，互不干涉”开始付诸实施。于是缅甸政府军与缅共进入僵持对峙，各自等待变局。

失去经费的缅共游击队，不得不开始了大规模的鸦片财政。眼看罂粟花漫山遍野地开放，表哥和更多知青战士的热血，开始冷却在他们打滚的罪恶土地上，他开始策划逃亡……

他早已失去了和家里的联系，父亲是否出狱，母亲和妹妹哥哥究竟在“文革”中乱离何处，这都是他在丛林中难以想象的事情。他只知道那个比他大不了多少的小舅，还在附近的壕沟里，傻傻地保卫着与他们毫不相干的缅共。他深知他的逃亡，可能会带来对小舅的惩罚甚至处死，他不得不寻找机会见到小舅，与他合谋危险的前程。

他们在70年代初的战火中终于相逢，他看见原本懦弱的舅舅，竟然被烽烟熏陶成了一个完全缅甸化了的游击战士。两个滑稽的小排长幸运地还未化作炮灰，木然地握手相看泪眼。他的动议没有获得舅舅的首肯，他认为祖国的内乱，远比这场荒诞的内战更为可怕。他在这里虽然出生入死，但是至少不会再被捆绑吊打。而真正的祖国，却把他们这些海归的华侨视为寇仇，他情愿选择在这里尊严地死，也不愿再回去残酷地生。

表哥只好放弃他的动员，但是他已绝意要逃亡了。然而，新的命令下来，他们要去攻打一个县城。游击队的这次倾巢冒进全线出击，被迅疾赶来的政府军王牌师包围，顿时陷入绝境。无数未经严格军事训练的青年，真正离开山野进入城区巷战时，几乎不辨方向。他们在正规军的炮火下，像野火烧荒一般被席卷而去。表哥带着他所剩无几的残部，凭着他对城市生活的经验，迅疾逃入森林。一路被追踪伏击，战友不断在他身边血肉横飞。他带着轻伤连滚带爬地冲出重围，回到营地休整，开始设计逃亡的路线。

终于轮到他站岗的夜晚，他趁查哨的间歇，什么也没带就直奔原始森林而去。一夜狂奔，路遇野兽，他深深后悔没把枪带上。总算连滚带爬地来到了中缅界河，他不敢经过中方哨所，只好往下游渡河，最后回到了他下放的那个村寨。

八

景颇族的村民，向来不关心国事，更不关心这些来来去去的汉人知青。表哥把他名下的一亩三分地，交给了村里的一个农民，自己便潜回了省城。

山中不知年，那时其实已接近70年代中期，中缅共产党都在发生变化。“文化大革命”打乱了的中国社会秩序，正在渐渐恢复，而缅共内部矛盾冲突却不断恶化。毛泽东登遐前后，中国赴缅军事“顾问组”也暗中分批撤回。缅共气息奄奄，游击队的中国知青开始纷纷逃亡；一个个割据独立的缅共领袖，正朝着腐败邪恶的毒枭演进。

回到省城的表哥，才知道他的哥哥也去参加了缅共游击队，而且生死未卜。他的妈妈和妹妹，再也不许他回到瑞丽。但是知青返城的运动还没开始，他无法找到工作，于是游手好闲地成了昆明街头的著名“超哥”。他们一伙身经百战的闲散混混儿，拜蔡锷将军过去的保镖为师，修习云南著名的刘家拳。

在那个年头，正是中国城市群殴单挑成风的时候。这些野蛮成长的青年，多半家庭被毁，前途无望，血气方刚地拉帮结派，像电影《美国往事》一样在暴力拼杀中讨生活。以表哥为首的这一标人马，又多是缅甸归来的战士，即便寻常江湖恩仇，也会多了视死如归的气概，自然很快就崭露头角。他们就靠帮人打架，竟然也能在乱世求到衣食，今天看来则恍若传奇了。

往往混社会的猛男，天然喜欢温文尔雅的美女。而原本娴静规矩的少女，偏偏容易迷途于粗犷血性的野人。就是在这样的混乱生活中，青春正好的表哥遭遇了他的爱情。我这位现在的表嫂，那时是照相馆的职员。她作为模特的照片，是喧嚣春城的一道漏网的美。许多当时的知青哥，都在暗中觊觎着这道风景。夺美的战斗已经刀光剑影，怀春的表嫂似乎还浑然不觉。仿佛非洲草原的动物世界，最为勇猛健美的表哥成了唯一的胜者，连试图制止反对他们婚姻的国营照相馆领导，最终也不得不屈服于他的执着和蛮狠。他结婚了，表嫂像一个智慧的驯兽师一样，将他从芜杂的江湖拽回到成人的世界。

他不得不开始思考养家糊口，他的江湖口碑使得他很快混进了一个车队。那时的大车司机，是整个底层社会最风光的职业，走南闯北，见多识广，捎货带人，出手阔绰。他重返瑞丽山寨时，几乎像一个从天而降的英雄。就这样一路穿越，他们径直走进了20世纪80年代初期改革开放的中国。

九

表哥的父亲释放了，但是家破难回，依旧在乡下独自生活。他大哥和小舅也从缅甸落荒退伍，但祖国并不承认他们的革命历史，自然也无从安排工作和承认工龄。更麻烦的是，他的大哥不知道受过什么战争创伤，显然已经丢魂失魄，神志不清得像一个弱智了。

被重新确认华侨身份的母亲，和隔绝几十年的各国亲戚纷纷重新取得联系，成了最早一批报经中央同意而出国定居的老华侨。她暂时还不能带走任何一个子女，这个家，从此就有赖于我这位二表哥来撑持了。

80年代初的中国，个体户开始被允许。侨商世家的表哥，打小就跟随外婆和母亲，学会了祖传的牙医手艺。他翻检出那些封存的器械，开张了昆明第一家私人牙医诊所。个人的命运从来与国运相关，中国人致富，需要的不过是政府的松绑而已。

很快他成了第一批万元户之一，但是一颗一颗牙齿上刮钱，究竟是太过辛苦。新兴的个体出租车，又让他敏锐地看见了商机。

第一批买车开出租的他，一时风光何其得意。那时有钱打车的人士很有限，敏锐的他专门到民航卖票的地方去守候客人。但那时的民航，买票竟然要开单位介绍信。他遂通过各种小恩小惠，掌握了走后门买票的特权。过路客商要买票就得找他，然后搭乘他的出租去机场，他只是赚他的车钱，但生意却有了保障。

一来二往，熟客渐多，他发现其中一伙北方人，总是神秘地来去，且总要将看似贵重的行李，寄存在他的车上。他是缅甸回来的人，自然深知黑道的一些话语。他预感到自己正被危险地利用，害怕日后被牵连祸端，于是找到一个合适的机会，将疑情知会了警方。警方检查行李，发现大量毒品，于是设计抓捕，整整端掉了一个黑帮。

民航公安处和地方公安是两个系统，地方警察的破案抢功，却给民航警方一个巨大难堪。地方公安给予嘉奖的表哥，却被民航警局以投机倒卖机票的名义逮捕。那时的收审毫无章法，有的长达数年都难以定罪，也不释放。刑讯逼供向来是他们的家常便饭，所幸武功在身且多年混江湖的阅历，使得他坚不屈服，最后在省厅的干预下，他才得无罪释放。

世道险恶行路难，他那封存已久的出租车已然生锈，只好贱卖给他人，他又不得不开始谋求新的生路。他初中未毕业，天赋智商却文化不高，一生的打拼，靠的只是男人的血性和胆略。就这样跌跌撞撞，他也拉扯着整个家，走到了 21 世纪。

十

隔着整整半个世纪，我们哥儿俩才初次相逢。零落栖迟一杯酒，我们各自叙说各自的九死一生，桌上的两碗酒似乎都掀起了波澜。湖北天门刘氏家族的两支遗孑，在 20 世纪中国的命运，见证的正是一个时代的艰危和不堪。

六旬初过的他，霜鬓入秋，宠辱不惊地给我翻看残存的世家老照片，让我次第熟悉那些从未见过的亲人。这时的他，父母和小舅各自亡去；他照料了一生的哥哥，也已结束了他浑浑噩噩的卑贱生命。他的两个妹妹都已移民海外，妻子和女儿也都定居香港。这个华侨之家，终于回到了他们血脉中习惯的行商生涯。只有他，依旧独自出入于昆明，独自守着那最后一份家业。

他带着我穿行在他打小熟稔的深巷，指指点点说着当年的豪勇。他偶尔还会去拜访那些散落在云南各地的战友——这些零落卑微在底层的缅共游击队员，至今无人关怀他们无辜而潦倒的存在。我是在他的苍老回顾中，才知道这一场荒诞的共产主义运动的兴亡：那些国际主义战士的血，浇开的竟然是罂粟花的绚烂……

缅共在1980年正式成立由中央直属的毒品贸易机构，代号“8.19”。毒品成为其各种经费的唯一来源，他们建立的海洛因加工厂多达百家。缅共中高级干部，几乎全部卷入贩毒之中，所有高干领袖均从中谋利腐化。

1989年，彭家声在果敢兵变，宣布脱离缅共。之后，缅共“八一五”军区也宣告独立，该部多数领导是从中国援战的“知青”。缅共中央终于日暮途穷，领袖德钦巴登顶以及他的追随者，在中国的庇护下度过余生。

这一块被中国支持过的割据山寨，最终却将大量的毒品倾泻到中国。至今，那片山野依旧罂粟烂漫，表哥那一代的血液，依旧肥沃着他国的劲草……

绑赴刑场的青春

一

死刑——这两个字，在键盘上敲打的时候，手就突然开始颤抖。十指似乎如溺水者的慌乱，在虚空中挣扎。我在人世间讲述时代的故事，却一直不自觉又仿佛在刻意地回避着这两个透着血腥的字眼儿；仿佛要到血已冷却的阴间，才适合此类残酷的讲述。

近来，关于死刑的存废问题，又突然变成了大众的热门话题。因为死亡并不发生在他们身边，他们无须直面汩汩冒血的弹洞；他们的袖管不曾沾染上血痕，便觉得今生不会发生噩梦。无论主杀主赦，多数人并无与具体生死者面对面探讨的经验，也因此这些形而上的争论，会显得无关乎个人的痛痒。

二十年前，与我抵足而眠的人，有六个被绑赴刑场。他们的故事我烂熟于胸，每个人临刑前的挣扎，至今犹历历在目。2009 年我与法学家贺卫方先生出游，我曾经边开车边向他讨教这一问题——他是主张废除死刑的学者。他说没有任何一种调研数据支持“死刑可以恐吓犯罪，废除死刑将会增加犯罪率”这种说法。

他是我敬重的同辈学人，于是我在漫游的路上，开始首次讲述下面这个故事。

二

武汉市公安局第一看守所，在汉口宝丰路的背街里面。这是一个令湖北所有的刑事犯闻之色变的地方，只要听说是送到“一所”，就知道最好的结果可能将是无期徒刑了。江湖行话称这里是——死、缓、无的码头，不死也要脱一层皮。

看守所的概念很多守法公民一直不懂，简单地说，就是等待开庭判决的嫌疑犯被羁押的地方，简称“号子”。蹲号子的人犯比劳改队的犯人要苦十倍，因为除开放风一刻钟之外，吃喝拉撒以及繁重的手工劳动，都得在狭小的房间里进行。号子是不能接见亲友的，也不能写信看书和抽烟等。准确地说，就是一个密闭的罐头，所有人在这里渴望死亡和早日判刑。人的尊严和权利意识，不需要到监狱，先在这里就把你摧毁掉。全国普遍发生的各种“躲猫猫”死亡事件，一般也都是发生在号子里。

我住的六号监舍，正对着值班室，是重中之重的犯人待的地方，于是我得以近距离接触不少死囚。我们号子的面积大约是三米宽四米进深，一张通铺占半间房，上面要肉挨肉睡六个人。另外一半面积是劳动洗漱吃饭和排便的地方，没有任何隔离。厕所是蹲坑，却不是冲水式的，而是在上方半尺高的地方，安装了一个冷水龙头。号子里的全部用水，都得在这个便槽里解决。因此洗衣洗碗洗脸洗澡和冲厕所，大家都要在蹲坑里解决——这里被犯人们每天擦洗得像六星级饭店一样干净。

六个人都是重刑犯的话，谁来掌握号子的话语权呢？谁又来当洗厕所的苦力呢？江湖当然有一套规矩，这个另文专述。在一般的看守所，死因多有做牢头的。但是在一所，因为死囚太多，大家司空见惯，也就要凭另外的本事了。90年代的初冬，我们号子刚刚送走了一名死刑犯，大家正在盼望来一个新犯人洗厕所，这时，铁门被“哐当”打开了。

三

推进门来的是一个英俊的小伙，唇上没有胡子，还有一抹茸茸的胎毛。面相很端正，低眉顺眼的透着清纯和质朴。穿着单薄的衣衫，里面却又套着一件梦特娇的毛衣。他无须开口，这些老犯人基本就能看出——他来自农村，年纪不到二十；肯定不是街头混混，人很老实。那他为何会来到恐怖的一所呢？小偷小摸坑蒙拐骗都来不了这里，那他一定是杀人了。

新来者一般都要接受老犯人的讯问，他很知道规矩地蹲在厕所边，不敢正眼看床上坐着的五个前辈。询之，他一一嗫嚅着回答。他叫罗小毛（姑隐其真名），刚刚十八岁半，老家是郊区黄陂县某村的，因为杀人罪被捕。老犯人笑道，你这熊样还能杀人吗？为什么杀人啊，杀死了吗？杀的谁啊？他吞吞吐吐地说，因为打架，他打我，肯定杀死了。追问对方是谁，为什么要打你，他却忽然哭了起来，哭得十分伤心。大家看他确实太小，就没为难他了。

罗小毛确是穷人家的孩子，看起来很懂事。由于转来一所之前，已经在分局的号子里待过几个月，所以完全不需要指点，就知道自己要去做卫生，常常做着做着自己就忘记了自己是杀人犯，独自用黄陂腔哼起小调来。大家便笑，他顿时脸红，打住不语。我们的手工活是糊火柴盒，每人每天必须完成 3500

个，一般要到天黑才能收工。白天干活大家多是谈笑风生，或者互相讲述犯罪经历以及江湖故事——行话叫“混点”，也就是打发时间。到了收工之后睡觉前，才往往是各自陷入自身命运思考的时候。我经常发现这时的罗小毛，会独自悄悄对着铁窗流泪。

闲来犯人们喜欢互相分析案情，预言各自的结局；这些多年混迹江湖的人，几乎胜过法学专家。只要拿着某人的起诉书一看，便能判断大抵的刑期或死活。由于罗小毛的起诉书没来，而他自己又始终回避详述他的案情，所以大家便无法猜测他的下场。有时故意逗他，说杀人偿命，他肯定是要判死刑的，否则不会送到一所来。他开始还很自信自己罪不至死，说着说着，忽然孩子般哭泣起来，大家看他可怜，便不忍再开玩笑了。

看着这个十八岁就要面对生死，而渐趋沉默和成熟的孩子，我禁不住开始自忖：他真的会被处死吗？我和他一样焦渴地等着他的起诉书的到来，因为在那里，他的案情才会在我们这里真相大白。他一定有什么难言之隐，使得他不肯坦言自己的案情。

四

元旦之前，他被带出去了。这是法院来人的提审，我们知道他的起诉书到了。有经验的犯人说，罗小毛肯定完了。

果然，罗小毛一送回号子，就扑倒在床板上抽泣起来。大家也不催他起来完成劳动份额，见惯了这些生离死别的场面，也没有人劝慰。一个老犯从他兜里抽出起诉书阅读，看罢脸色陡变，给大家传阅——原来他杀死的是他的堂兄，且杀了三十几刀，其中九刀致命，堂兄当场毙命，也就是说其兄断气之后，他至少还补了几刀。

一个如此温和的小孩，得有多大的仇恨，才能这样杀红眼而不知住手啊。他们兄弟之间究竟发生了什么呢？要怎样辩护才能免其一死呢？

大家等他哭累止住了，才喊他起来吃饭，然后讲各种黄段子逗他，他终于破涕为笑。这时有人出主意说——根据你的起诉书，你可能脑袋要飘了。野哥是前警察，你最好详细讲讲你的案情，请他帮你分析一下，看怎样才能保住脑袋。

他求救似的看着我，我问他家里给请律师了吗，他摇头说，他没有妈妈，父亲也没钱，再说他杀的是堂兄，家里肯定是不会请的。法院说了，由法院指派一个。

我又问，你愿意详细给我们讲讲你的案情吗？因为细节决定死生，我们虽然救不了你，但是也许可以帮你分析利弊，教你如何在法庭上自己辩护，争取一线生机。

他低头沉吟很久，他知道我们是真诚想帮他的，但是他实在太难以启齿了，犹豫半晌，最后还是嗫嚅着叙述起来，眼泪不时地从他稚嫩的脸上淌下……

五

罗小毛幼年丧母，初中毕业便被送到汉口的堂兄那里打工。堂兄是武汉长大的“街痞子”，那时正好开了一个做香肠的加工厂，需要大批切肉的伙计。十五岁的罗小毛，就这样成了一个每天在血淋淋的车间玩刀弄叉的刀客。

说到这里，罗小毛还顿住叮嘱我们——各位大哥要是活着出去，千万不要吃市场上买的香肠啊，那都是死猪肉做的。我们每天有专人去各个养猪场收购死猪，因为这样的猪肉便宜，我们的利润就大得多。

专门做死猪香肠的堂兄当然发财很快，厂子里的事务基本不管，长期在外面吃喝嫖赌。堂嫂独自打理着这一切，每天累得死去活来。罗小毛因为寄宿在堂兄家，因此常常看见嫂子一个人偷偷抹泪。

他算自己家里人，包吃包住之外，堂兄只给他一点零花钱。嫂子见他辛苦可怜，总是暗中给他买些衣服鞋袜，尽量让他比别的工人好吃好喝一点。就是这一点叔嫂恩情，便让这个乡下孤儿感到了一些珍稀的母爱。

有犯人插话问——你嫂子漂亮吗？因为其表情有些猥亵，罗小毛这个平时老实巴交的孩子，突然生气地翻脸不讲了，扔下手中的火柴盒，跑到窗边哭泣起来。我把那犯人臭骂一顿，然后过去哄他半天，这才又重新回来低低地讲述。

我已经能猜出他杀人背后的隐情了。问题是细节是怎样的呢？是叔嫂合谋，还是兄弟决斗？是蓄谋已久，还是一时起兴？因为这决定他的生死，我不得不鼓励他继续这对他而言肯定残酷的回忆。

六

嫂子确实漂亮，比他也就大十来岁。因为娘家贫困，于是嫁给了这个屠夫出身的暴发户男人。堂兄对他谈不上好，也谈不上多坏，反正就当个长工在用。但是嫂子对他，却是内心生疼的。看见他衣服脏了，就帮他洗，破了就帮他买。逢年过节给他塞一点儿私房钱，让他回去看看父亲弟妹。平民人家的温情，也就是这么一点简单朴素的爱惜，但是放在他这样一个童蒙未开的苦孩子身上，那就是天高海深了。

堂兄越来越少回家。有钱的男人有了嫖赌的去处，家里放着娇妻也当成败柳了。夫妻为此不免口角，而堂兄又是粗鲁之人，一言不合即老拳相向。嫂子娇弱之躯，常常被打得像熊猫一样满身青紫。当弟弟的他，连劝架的胆量也没有。对嫂子的怜悯和尊重，也只能在堂兄走后，去帮忙送一方擦泪的手帕。

渐渐地，嫂子的万千柔情，再也不寄放在自家男人身上了。男人回不回家，她也无心过问，转而对这个未及弱冠的小叔子，多了无限的疼爱。某个酷热夏夜，嫂子浴后喊他帮忙擦擦后背，懵懂的他第一次看见女人圆润的身体，惊慌失措而又手忙脚乱。嫂子因擦拭而舒适的呻吟，令他魂飞魄散，身体也开始走样。但这毕竟是嫂子，未经人事的他何敢有半丝邪念。嫂子见他呆若木鸡，一时情不自禁，便多了几分少妇的鼓励。那一夜的死去活来，竟然从此埋下了他们一生的悲剧。

此后的嫂子焕然如新，青春娇艳复归于脸上，再也不似从前的苦情满面了。而他，从最初的犯罪感到暗怀的愧疚心，再到理直气壮的初恋情怀，完全变了一个人样。嫂子也从最初的偷情，慢慢走向恋爱感觉。虽然年龄相去十来岁，但十七岁的他和二十几岁的嫂子，放在红尘世界，那实在也可谓金童玉女，叫人看不出一点儿不谐。

他们相爱得如火如荼，甚至白天，他在满眼死猪血肉模糊的车间，只要听到嫂子的声音，就会冲动反应。他像一个恋母的孩子一样迷上了嫂子的一切，每天下班之后都要抢着帮嫂子做家务，贪婪而又痴情地挥霍着他刚刚开始，却又很快要结束的青春时光。

七

堂兄并未觉察这一切，依旧是偶尔醉归，时不时打骂一顿老婆再扬长而去。嫂子因为心有所属，对丈夫的薄幸已不在意。而他却因为情怀初开，在为嫂子抚伤擦药之际，更多了怜惜和愤恨。然而堂兄毕竟是哥哥，是把他从乡下弄到城里来给一碗饱饭的恩人。他对嫂子纵有万般迷情，说出来终归是不伦之恋。而嫂子，虽然身心都迷恋这个健美纯真的小叔，但自知出墙春色，岂能久贪。因此，他们相爱是相爱，却从未探讨今生归宿，更谈不上密谋弑夫、性命相搏地换一种活法。

问题是，一个少年心中，开始因为爱而纠结起了仇恨，这种恨又因为对堂兄的天生畏惧而无处发泄，他渐渐变得更加沉默寡言。但凡堂兄回家，他便尽量回避，他怕他自己的目光泄露出隐秘。

人世间许多事，真正是兰因絮果，在劫难逃的。一天中午，他的堂兄醉醺醺回来，似乎突然对老婆动了欲望。早已厌恶了的嫂子自然拒绝，这似乎极端惹恼了丈夫，顿时暴打开始。嫂子极力挣脱从房间跑出来，向人多的车间跑来；丈夫一路追打，嫂子的哭声喊声响彻工棚。正在切肉的罗小毛忍耐着，不敢看一眼缠打着的他们，刀在他手上发抖，寒光刺伤着他的泪眼。

就在这时，实在经不起拳脚的嫂子，本能而绝望地喊了一声——小毛救我啊。就是这一声要命的呼喊，像死亡的冲锋号一样吹响了。他压抑已久的愤恨终于听到了宿命的召唤，叛逆的鼓角连同青春的狂怒，顿时使他恶向胆边生。他持刀冲向堂兄的背后高喊一声——你放手！堂兄看着他乖眉顺眼地长大，何曾把已经变成男人的他看在眼里，回头骂一句你“滚一边去”，又继续对他心爱的嫂子痛下辣手。

面对这个威猛的男人，他颤抖着在背后扬起了利刃。他知道这一刀下去，他和堂兄一世的恩怨都了啦。如果他不能制止住堂兄，那他和嫂子的命也都休矣。那一刻，完全是不由自主，刀锋沿着命运的轨迹不可免地在空中飞向了堂兄的颈项，鲜血——他每天都熟悉的红和腥，刹那间喷薄而出。堂兄回身夺刀，生死恩仇一念间，他像《新龙门客栈》中那个耍刀解羊的小伙计一样，一顿乱挥像一个电锯。可怜一世凶横的堂兄转眼倒地不起，他那一刻完全疯了，继续骑在堂兄身上猛砍，直到他嫂子反应过来，拼命抱住了他。

八

嫂子一看丈夫已然没有呼吸，知道大祸降临。她一边喊看傻了的员工叫救护车，打 110，一边拖着罗小毛进屋，赶紧换下他一身血衣，塞给他一把钱要他逃命，这里由她来担着。神志还没完全清醒的他，从未出过远门，哪里有可逃之路。只好像梦虫虫一样出门搭车，向农村的老家走去。刚到家见到父亲，警察就进门了。

之后分局，再市局，简单的案情没有任何麻烦，直接就送检察院起诉了。我看起诉书，其中完全没有提到他和嫂子的“奸情”，当然也没有认定他们预谋。显然老实巴交的他早已坦白的杀人动因，并没有得到嫂子的承认。

嫂子在起诉书上被起诉的原因，是包庇罪，因为资助他逃亡。我分析她之所以坚决不承认和小叔子的私情，是担心让小叔子担上奸情杀人的罪名——这个性质要比一时激愤杀人严重。另外，当然还有女人的名誉问题，她如果承认了，就意味着她要承担害死人家两弟兄的恶名。就算不判她罪，那她也无法面对罗家的仇恨和今后的生活。

开庭在即，十八岁刚过不久就犯案的罗小毛，在法律上已经不属于未成年。到底是认定有爱情对他有利，还是不认定奸情对他有利？这个问题对我们这些老犯人，也都成了个大难题。如果因为爱，一个年轻人出于冲动而杀人，可能放在有陪审员制度的国家，可以获得一些宽恕。但是在我国，自古奸情杀人都是重罪，更不要说是和嫂子的不伦之恋了。

当年的起诉书有个不成文的规律，凡是行文用了两个“特别”的——比如情节特别严重，手段特别恶劣，那就是必死无疑的了。罗小毛的起诉书已经赫然两个“特别”，大家都心知肚明，他年轻的生命朝夕难保了。

九

问题是他还深爱着他的嫂子。他完全不知道他的嫂子也已被捕，且现在更因为包庇他，而要被送上审判台。他哭着祈求来送起诉书的人，他愿意承担全部罪名，愿意为嫂子去死，希望他们不要判他的嫂子。

在我看来，他的主要罪过在于乱刀杀人，如果仅仅是一刀毙命，他肯定还有生机——因为不存在杀死的故意，更没有谋杀的情节。假设放在今天，最高法院来终审生死，那他也可能活命。但在那个年代，罗小毛这样毫无背景的草根青年，多半要命如草芥了。

终于一审开庭了，下午押回的他面如纸色，进门就钻进被窝哭泣。老犯人都同情他的遭遇，任他不吃不喝地埋进自己的绝望里——这是谁也无法劝解的绝望啊。

次日起床，大家小心翼翼地询问昨天开庭的情况——我们都知道这是他唯一可以见到嫂子的机会了。半年的生死茫茫，我们也想知道他嫂子究竟怎样面对法庭重逢。

他还没有开口，就低头抽泣起来，然后像一个委屈的孩子，断断续续地哽咽着说——我对不起嫂子啊，她一见我就哭。之后他用了很长时间，才慢慢讲清楚他和他嫂子的庭上苦痛。嫂子在号子里拆了几件毛衣，给他编织了一条毛裤，托法警给他穿上了。嫂子在法庭上依旧坚持，他们没有奸情，他只是心疼她而去劝架，出于年幼激愤动手的。动手之后丈夫要夺刀，他完全不是丈夫的对手，为了自救而乱刀杀人。

其实，我相信所有的法官都会在内心认定，这一对叔嫂之间肯定是有爱情的。罗小毛的律师也试图从这个角度，站在人性的立场辩护，以便打动法官，尽量给一个死缓。因为罗小毛此前的供述已经交代了全部细节，这是他这个年龄的孩子，绝对编造不出来的两性画面。但是不懂法律的他，完全不理解他嫂子为什么要拒绝承认。真正对他打击的是这个，他被善良嫂子的谎言惊得一时瞠目结舌，他觉得嫂子背叛了他们的爱。

对他而言，死不足畏，但是如果怀疑他的爱，否定他和嫂子的真情，那才是对他最大的惩罚。没有机会串供的他们，在庭上自说自话；一个说有爱，一个说没有爱，场面一时极端残酷，彼此内心的情爱使得他们互相不敢看对方一眼。

不知法官是故意，还是别有深意，最后问了他一个致命的问题——你说你们有爱情，发生过关系，那你有什么证据呢？事关隐私，事关爱人，在他看来更事关他的生死，十八岁的他柔肠寸断，艰难选择，最后还是愚蠢而胆怯地低语——嫂子的那里有一颗痣。

他一说完，公诉人和法官们露出了下作的笑，而他的嫂子则顿时面色惨淡，泪如雨下，几乎晕厥在审判台上。对这些法官来说，判决早已成竹在胸，根本是无须鉴定他的指证的。他们在被分别带走之时，他看见了他嫂子的泪眼，眼中含有一丝幽怨，更有无限的怜惜。他突然后悔他庭上的辩白，他不该说出他和嫂子的隐秘欢乐和悲伤。但是，他已经没有机会再见他的嫂子了，从此幽冥长阻，他们只能隔着忘川相望梦魂了。

十

我们知道，罗小毛和我们在一起的日子已经不多了，春节就在眼前。也就是说，狱警再来提他的时候，开门就会说把被子带着，意思是要换到死囚号子去了。所谓二庭，就是直接宣读判决死刑。读完之后，犯人并非马上就杀，而是要转移到更加严密的单人囚室羁押。从这时开始，犯人就更加不是人了。死囚会被戴上脚镣，然后平躺着将四肢锁在一个硬板床上。每天有专门的轻刑犯来帮你吃喝拉撒，等待你的上诉期结束。

上诉期是十天，如果十天后你不上诉，那就可以择日执行了。如果你上诉，那就要等省高院的终审判决。只要终审没有下来，你就得一直被钉在这个床板上。有的人案情复杂，终审时间很长，也有偶尔改判死缓的；那这整个阶段，你就得饱受困卧之苦。这个刑具在普通人看来不就是终日睡觉吗？但所有过来人皆知道，三天之内就会让你生不如死。

在警方看来，这种手段是防止死囚自杀，但其中的不人道，实在残忍难言。我不知道今天的看守所，是不是还保留着这样的做法，因为在今天终审权收归最高法院之后，回复的时间会更加漫长，即使有冤屈的人，也愿意放弃生机而选择速死。

罗小毛似乎还是不相信他会被判死刑，时而高兴时而悲伤。而我们都已经看见了他的结局，看见他有时还在幻想服刑之后去向嫂子道歉，我们都感到恻然。那时的号子不许犯人有任何娱乐，无聊的犯人便自己找乐，他们称之为“死亡演习”。我也觉得这种残酷的临终关怀，未必是一件坏事，因此也参与他们的游戏。

具体方式就是叫可能被处死的犯人，模拟已经在刑场一样跪在床上。大家排队在后面，听口令举枪，然后射击。犯人倒下装死，大家再上前用被单覆盖，然后围坐在他身边，给他一本正经地三鞠躬，开追悼会。悼词会像模像样地回忆夸张他“战斗的一生”，追溯他为何“奋斗致死”的事迹。总之，一切按央视的规格整，类似遗体告别和鲜花之类，也要口头朗读某某领导虽然没来，但是也献上了花圈，等等。

通常这样的游戏能够冲淡临刑者的死亡恐惧，使得即将到来的枪毙，变得不那么突然。很多犯人躺着躺着，常常被貌似悲伤的悼词弄得哈哈大笑；我们称之为诈尸了，那还得重新枪毙一次。

罗小毛虽然不相信末日在即，但还是乐意配合大家的游戏——黑色的床单终于覆盖在他稚嫩的胎毛未尽的脸上。这次的悼词由我主持，我尽量轻松但音调沉重地按罗京的路数哀悼——罗小毛同志是党的好儿女，是祖国的优秀花朵。其短暂的一生，始终战斗在我国的死猪前线。其人出身贫困，心地善良，勤劳勇敢，在追求爱情的路上误入歧途……

我们煞有其事的追悼刚刚开始，被单下的罗小毛已经开始抽泣；他的身体哭得抽搐着，我们忽然都变得严肃起来——五个奇形怪状的各类重犯，在那一刻内心真的庄重和充满了悲怜。我们掀开被单，看见他好看的大眼一直睁着，像两个泉眼一样汩汩淌水。

他在那一刻，可能才真正看见了死亡的模样，看见了幕天席地的黑，是怎样压迫在他单薄的身上。他似乎那时才意识到，他将再也见不到他的老父和弟妹，再也见不到唯一疼他爱他给他温情的那个嫂子了。

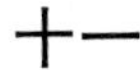

十一

未几，铁门一声响——罗小毛，卷被子。

正在说笑的他，骤然脸色煞白，一时手足无措。我们帮他卷好被子，他夹着走到门边，慌慌张张，忽然想起了什么似的转身，对我们深深地一鞠躬，然后出门远去……

一个十八岁半的孩子，就这样走进了他的长夜。二十年过去了，我依旧常常想起他清纯的笑，偶尔的发恼，对着铁窗的默默偷泣。

风住尘香花已尽

一

后半夜发来的短信清晨才看见，想必是急事便赶紧打过去电话——那端一个男人哭着说，我的妹妹自杀了。我的心顿时感到了揪疼，在这个寒冷的春天，死亡几乎无处不在了。

哭着的男人是我若干年前聘用培养出来的一个编辑，一个来自湘南的农家孩子，忠厚而谦谨。我不经商之后，多年难有联系；此际能想起我，可想他在这个首都，该是怎样的绝望而无靠啊。他说希望我去参加晚上的善后商略，我立马便应承了。

当晚终于知道，他的妹妹——那个我从前见过的清纯羞怯的女孩，随他来京打工，之后与一个男孩相恋，且赁屋同居了七年。但是男方的家里是官员，因为门户之见，坚决反对儿子的婚约。男孩是爱这个女孩的，但是不敢面对父母的决裂威胁，于是女孩选择自杀。丧宴上，男孩及其父亲和当警察的叔叔，就坐在我的身边，他们的表情也都沉痛和尽量沉痛着。

我深知，这样的事情要是发生在乡下，那是肯定要掀起纷争的。对于这样的江湖风波，我实在无力摆平。即便我这位兄弟及其亲友如何的愤恨不平，事实上，死者长已矣，法律原本是无从还一个公道的；而其他一切，更不能换回一个鲜活的青春生命。我只能说——善后之事，以善为先；双方尽量尊重死者善待生者，不要将悲剧再次扩大。

二

面对随时发生在身边的不预之死，很多时候心渐木然。他们来过了，他们走了，他们给后死者留下一些伤痛、愤怒抑或遗憾，但似乎都无法减轻这个世界的恶。

我的朋友给我发来他怀念妹妹的文字——大妹脸色红润，安详地躺着，有如熟睡。我细细地察看大妹脸上的每一个细节，稍舒的细眉，轻合的双眼，微乱的黑发……我似乎还能听闻那隐不可及的呼吸声，似乎她一会儿就会起身，然后惊喜地叫我声“哥”。

我熟悉这些残酷的道别场面，我能隐隐听见那些无处不在的哭声。

无助的朋友说——你看看大妹的QQ空间吧，她在清明节决定了这一切，在五一实现了她的诀别。我于这个只有一面之缘的姑娘原本无话可说，读了她留下的简短的十几篇日志后，突然悲从中来。我隐约看见了她二十几年的生命，活得那么委屈和纯净；她和无数被命运驱赶来此都市的寒门女孩一样，内心盛开着美丽的百合，戛然委地时往往都无人发现。正如她策划死亡之时换上的空间留言——悄悄地我走了，正如我悄悄地来。

这些强烈想要挣脱贫困和歧视的乡村孩子，也曾怀抱爱与生的梦想，在别人的城市盘桓挣扎。她们默默地劳作，殷勤而卑微地爱，不甘像父母辈那样将贱命再传给子孙。直至诸梦幻灭，再自己掐断自己的花茎——风住尘香花已尽，这句李清照的词，是我在她的空间看见她读李清照的文字的标题。我所熟悉的词句，在此刻被她引用时，我似乎才真正读出其中的悲哀和无奈。

这个没有上过大学的农家女这样理解着李清照——只是不知道上天为什么要折磨这个女人，既给了她绝世才华，一个美好的开始，却又忍心给了她一个“国破家何在”的凄凉收场。

也许是为了看她会不会被尘世的惊涛骇浪湮灭，家破人亡的哀痛会不会将她摧毁；浮生浮世，她最后会不会拔节而出。毕竟上下千年的岁月，这样出色的女文人，除了易安，再没有第二个了。

面对这样一个短命女孩的这些文字，我深感内心恻然。

三

理想，爱情，以及对平等的渴望，也许都有彻底幻灭之际。当真正的绝望来临时，这个春天，一些倾向恶的男人，选择了屠戮别人的孩子。而一些倾向善的女孩，则选择了扼杀自己的生命。

这个冷酷的春天，男友的父亲摊牌制止这场苦恋。大妹万念俱灰，让男友搬出了那个租来的寒舍，然后开始冷静地登录自杀网站，悄悄地学习自杀的艺术。一念既生，便再也难得放下。萌动此念时正好是清明，小小的她忽然有了许多怅惘。她写道——

清明节到了，一些“不思量，自难忘”的愁绪，难以回避地涌了上来。想想远在天国的亲人们，慈祥和蔼的奶奶，背影瘦削的爷爷，驼背的外公，以及从未谋面的外婆……那些永远疼爱我们的长辈，那些永远也抹不去的温馨记忆，仿佛还留在昨天……在这素淡的日子，在心里默默焚上一抹素香，追忆他们，追忆那些悠远而温情的记忆，希望他们在天国都过得快乐。

我可以想象，她独自敲打这些文字时的低泣。她已经决意要追随她那些逝去的老人了，那个她自己都略显怀疑的天国，似乎还寄存着她的一点快乐的奢望。她淡定地买来胶布，严密地封闭了所有漏风的门窗。在劳动节假日别人的笙歌中，点燃了特意买来的炭火，之后独酌人世间的悲苦。末日之夜，她像卖火柴的小姑娘一样，在自己营造的温暖火焰和梦幻中，悄然入睡，在死亡的宁静中终于完成了她尘世一行的爱与自尊。

四

她的QQ空间里一直播放着周杰伦谱的一首歌曲，那是一个叫容祖儿的歌手在低吟浅唱着。

方文山的歌词仿佛为大妹量身定做——回忆像个说书的人，用充满乡音的口吻，跳过水坑，绕过小村，等相遇的缘分。你用泥巴捏一座城，说将来要娶我过门。转多少身，过几次门，虚掷青春。小小的誓言还不稳，小小的泪水还在撑，稚嫩的唇在说离分……

这个因为贫穷而辍学的乡下孩子，如果生于城市，生于富贵之家，那该又是怎样一种命运呢？她在哥哥的影响下，一直在读书，毫无目的地书写着自己的感慨，她从许多名著中读出了自己的身世之叹。

她在情人节写道——《简爱》的故事我们不会忘记，这是爱的尊严的最好演绎。简在面对爱情时的独立而充满尊严的姿态震撼了我们每个读者的心灵，我们看到了尊严的价值所在。

读完《平凡的世界》，她写道——在他们患难与共的日子里，他们演绎了恬淡平静的爱情，他们应该是最幸福的人；孙少平在最后和惠英走到了一起，历经了磨难的他终于在惠英身上找到了归宿，找到了慰藉，这份爱让人为之震撼和动容。人生本就平凡，不平凡的只是一颗坚持不懈、永不退缩的心。正是因为这些不平凡的爱，让我们更加理解了爱，让这些爱变得更加的不平凡。

但是，安徒生的《海的女儿》，似乎给了她宿命的暗示。她在读后说——她为了心爱的王子，喝下了能让鱼尾变成双腿的药水，忍受着每一步如走在刀尖上的疼痛，来到王子身边，但她最终也没有得到王子，得到自己的那份爱情。为了心爱的人的幸福，她又一次牺牲了自己，宁愿自己变成泡沫也不愿去杀死王子让自己活下去。她为了爱勇于牺牲自己，来给对方幸福的爱，让我们为之流泪和哭泣。这种暗恋的情怀苦涩而美好，正如青春期的少男少女们，他们的爱总能给自己留下理由和芬芳。这份爱的一缕如童话般的干净和充满阳光，但同时又洋溢着简单和不切实际的幻想。

就这样，幻想破灭，她成全了这个世界对她的不公和歧视，而独自远行了。她只是加入了无数个这样的悲剧，之前和之后，都肯定一直有这样卑微而纯净的死。佛经云——汝爱我心，吾怜汝色，以是因缘，经百千劫，犹自缠缚。

我们都在这样的缠缚之中，历经我们各自的劫难。

“酷客”李斯

一

首先得说，“酷客”是一个生造的词，而且是我在为李斯这个家伙设定一个身份时临时冒出的。我想赋予这个词这样一些含义——一个热爱新鲜生活但又内心充满绝望的人，一个特立独行同时又见人说人话逢鬼说鬼话的人，一个经常扮酷夹杂嘻皮、雅皮、朋克及波波士风格，把玩心进行到底的人……当我伪装谦虚打电话向他请教在英语中有没有这样一个对应的词时，他略加思索说——可以意译加音译为“coolguy”，当然他不知道这是为他准备的“谥号”。

应该说李斯开始被读书界知道而不再只被警局关注，还是近几年的事，这主要是由于他的翻译公司在 20 世纪最后一个春天倒闭了。他的家被我评为中国最“牛逼”的家庭——客厅支起一张大班台，每间房都有一台电脑，另有两台复印机、几部传真等办公设备——一个关张公司的全部废品，使他狭小的家看起来像一个智能化程度极高的作战指挥室。穷途末路的他只好弃商从文，几年间竟然出版了一百多部译著，于是大众开始在每一个卖书的地方和他的名字相遇。声名鹊起之后，弟兄伙儿又可以好酒好肉侍候了。

我总在想，假设有一天李斯在我之前名归道山的话，其悼词和碑文非我莫属了。当然，反之亦然。一个老酷客的一生是很难盖棺论定的一生，其活法既不可标榜亦难以仿效。即使此刻，我要用一些文字来描述我这位熟悉到骨头的老友，也只能写成“某某同志二三事”这样的规格，具体的价值判断，则只好各由列位看官了。

二

以貌取人的话，多数人会同意李斯是个“粗人”这种说法，北方又叫糙老爷们儿。因其方头宽脸，虬髯密布，十天不刮就会长成其远祖李逵的模样。事实上，1980 年前的李斯，确实是一个铁匠，不过他喜欢略加文饰地自称为“锻工”。

那时他高考落第，其父担心他报复社会，便托人安排他去一小农机厂拜师学艺，混口饭吃。他在电光石火间灿烂地活了两年，从此落下多数铁匠的美质丰姿——苍头黑面，近似波霸的胸肌，这使他在以后的岁月里，酷态天成雄气十足，很容易引起中青年妇女的美目流盼。

据说他是在对师娘的暗怀渴慕之中陡生壮志的——一个不满 20 岁的小铁匠，其旺盛的精力尚不足以在铁火铿锵中耗尽。他悲哀地发现，如果少壮不努力，以后连师娘这样的女人也会与他无缘。于是他决定重考大学，而且选择了自修英语的道路，这一决定几乎让他所在的小城吓了一跳，差点把他塑造成新时期有志铁匠或青年标兵。

我至今仍然相信弗洛伊德所说的性的驱动力之神效。我仿佛还能看见一个愤怒的铁匠在行动——白天挥舞大锤，夜里背诵《英语 900 句》，并于 1980 年神奇地考上华中理工大学英语系，开始了他作为一个标准"酷客"的一生。

三

20 世纪 80 年代的中国大学校园，是一场文艺复兴式的盛大狂欢。置身其间的每一个人，都无法不染上一些浪漫时代的流行病，比如无政府主义、波希米亚精神以及一些轻生躁进的疯癫症，而主要的病原体则是诗歌。

一个铁匠在图书馆里遭遇了原版的“垮掉的一代”，是很容易转型为一个诗人的——因为他们都熟悉一种钢铁般的韵律和节奏，以及一些横蛮粗野的手法和作风。

那时由于多年的国门深锁，中国还只有极少的人知道美国的这一文学奇观，于是李斯几乎是首译了金斯堡的《嚎叫》与《祈祷》，并在人头攒动的校园舞台，以不速之客的姿态跳上去朗诵。他直接继承了金氏的满嘴粗话和反叛行径，且迅疾传播着这些东邪西毒。那时的李三娃儿正在经历第一次失恋的煎熬，力比多的超常分泌使他显得格外愤世嫉俗。大头剃得青皮铿亮，穿成一个流氓无产者四处流窜，从一个酒碗走向下一个酒碗。如果你不曾陪他谈过诗的话，那你就别指望他陪你去打架。我每每想起《嚎叫》的首句——我看见这一代最杰出的头脑正毁于疯狂，我就马上会联想到李斯。

他读了五年本科，出于对校园的迷恋，又接着和我同年考进武汉大学，继续祸害他的同学和师长。他的离经叛道使他的导师后悔误收门徒，但却被另一位美籍女教师看在眼里喜上眉梢。这位叫作诺冰的小姐是一个美国大龄青年，由于同属“垮掉派”的信徒，因而对遥远的东方文化有着强烈向往，当然也不排除对东方生猛男鲜的几分爱慕。

可以说，他们师生的邂逅注定是致命性的错误，即使最初的讨论是从圣经文学开始，也无可挽救地要借助心理学而滑向性知识，以至于堕入近似于爱情的深谷。当这种情感与文化冲突、国际矛盾、种族意识、肤色识别、师生关系以及两性对抗等因素纠缠在一起时，一般来说都会以悲剧收尾（其间的精彩情节见诸李斯原创中篇小说《别哭，诺冰》，载于《花城》1991 年第 1 期）。我所知道的结局是诺冰怅然回国，带着一个中国铁匠对之心灵锻炼的斑斑伤痕；李斯则伤心留下，并发下永不出国的誓言。用他的话说——被情感迫害成一个终身的爱国者。当然，这场遭遇还留给他一个重要经验，那就是"用英语调情不会羞于启齿"。

四

硕士李斯终于站到了 20 世纪 90 年代初的讲坛，当上了大学老师。那时的他刚刚经历了一次时代的巨大创伤，顿时显得无所适从，残存的理想主义使他焦躁不安。他教书育人，参加教工合唱队，扯着牛嗓子唱《国际歌》。用李亚伟的诗形容——女生们隔着操场远远地爱他。终于有一天，在他大讲梭罗的《瓦尔登湖》而学生无动于衷时，他忽然悲哀地发现，他要为这批 90 年代的物质主义者牺牲青春，实在太不值得，于是他毅然递交辞呈。那时大学老师辞职尚无国家政策，人事处女处长问他档案如何处理，他说你拿回去擦屁股吧，该处长气得大骂“流氓”，于是就开始了他长达十余年的流氓生涯。

李斯赶着时代的潮流下海了，直奔海南岛当了个企业秘书。数月后又觉万事皆非，重新回武汉租了个小铺面，开起了一家翻译公司。所谓公司，主要业务是靠一台旧复印机代人复印文件，一张纸收两毛钱，一天要按500次才能保本。偶尔会接到一两单说明书翻译，总算可以显出他的专业水准。为了尽量让客户出血，也因为实在清淡得无聊，他往往会把英语先翻成文言文，再用白话解释以显示其服务质量。

生意最惨时，只好扩大经营范围——帮人代考英语。某日，一老妪在门前徘徊察看半晌，终于进屋要求李斯为其老伴代考，她的老头子想在退休前评上工程师。李斯说：我与身份证年龄太悬殊了吧，长得也不像。老妪说：我在门口反复观察，觉得神似。李斯说那得先收250元，考过再收另一半，如果事情败露就不退定金了。老妪认可，于是次日，可怜“神似”一退休老头的李斯赴考，先还在考场故装畏难以免暴露，结果仍被监考者怀疑。人家过来客气地询问——您今年高寿？他答曰54岁。监考者不信人间奇迹，又问——您的出生年月？李斯漏记了这一细节，大脑紧急换算，说出来还是差了一年。监考者说那你跟我们走一趟吧，可怜的前大学老师李斯只好夺门而逃，一路狂奔找到老妪说——抱歉，被发现了，老头身份证还被扣了。他看见老妪一脸悲凉，急忙掏出定金强行退给人家。好不容易飞来的一个大单，不仅弄丢了，还倒贴了赶考的车费。

商人李斯只好在唯一的一间办公室支起了麻将桌，一帮 80 年代的诗人正好都在汹涌的商潮之初手足失措，于是为了杠上花海底捞，终于又坐到一起。那时我则刚刚出狱，流离失所之际，他的"麻办"正好成了我的窝点之一。

五

都说李斯公司最终倒闭的原因是不该聘几个漂亮的打字员。有了这几个美眉，哥们儿就有事无事爱去拜访，显得公司客源旺盛人气很火，弄得隔壁左右的公司都嫉妒得派人来打探门路。这些闲人多如我一样，还在所谓的"新时代"门前晃荡；好不容易见到有朋友竟然在写字间另立山头，一去就变得屁股沉重而口舌灵巧，一边和白领妹妹打情骂俏，一边找黑头李总蹭吃蹭喝。李总眼见自己的菜园被邻家的鸡践踏，自个儿的雇员成了弟兄伙儿的"三陪"，还得掏工资扮大度，一气之下，干脆白日关门赌饭钱，谁赢谁埋单。

一般来说，一个彻底的唯物主义者一旦坐上麻将桌，就很容易变得唯心起来。比如要摸风要换座，掷骰子时要念咄咄经。

李斯麻艺不高，手气很臭，但在桌子上的话却最多。他在麻坛观察人生并予以及时揭露，总结了一套在江湖上广为传播的训条。他说——赢家怕吃饭，输家怕天亮。吃饭万一点多了，赢家不仅白赢还可能贴本；天亮要散伙，输家就没法赶本。他又警告我们——千万不要把埋单的灌醉。乃因某些人不自觉，说好赢了付账，结果装醉人事不省，大家不能跑单，还得把他送回家去。

长此以往，江城唯一的一家翻译公司不仅营生见荒，而且往往大班台上都睡着人，沙发的龙骨都被那些无枝可栖的男欢女爱者，弄折了几根，偶尔来的客户坐上去就打滑，对公司的信任度也就跟着下滑了。他办公室的钥匙也像他的部属一样，往往不知被哪个哥们儿带走，后来那里竟然成了派出所的蹲守之地，连门房都只认一些来客而不认他这个老板了。

某夜他醉后不敢回家，也想回公司去住，门卫誓不开门，他只好捡起砖头把大门玻璃砸了，当然最后好歹还是睡成了——在派出所的木椅上。

这样的文人经商，天大的产业都要被这种操性给操垮，况乎白手。最后，李斯终于扛不下去了——挥泪对宫娥，散伙。一屋被哥们儿折腾得半残的家具，丢了可惜，只好拖将回去，弄得狭窄的私宅像“二战”时的防空洞一样遮天蔽日。

六

30多岁的硕士李斯，失业在家，档案户籍都进了莲溪寺街道居委会。国家有什么最新就业精神或者治安戒律，要传达到基层群众，街道就来通知他去学习。夕阳红秧歌腰鼓队要在片区选秀，往往也能看中他的身板。房子是老婆单位的，他这个家属在其中混进混出的，像个下岗工人，只好破帽遮颜，甚至蓄起了长髯，把自己直接整成了一个新版恩格斯。

老婆已然是教授级大夫，女儿是小学的校花，他总不能就这样吃一辈子软饭。他起初相信共和国的股票坚挺，拿出私房的血汗去认购，很快就被套成了一些闻所未闻的国企的股东。割肉平仓没有余钱，只好喝酒骂娘。又见朋友买彩票中了小车，遂去博彩，人穷赌瘾大，经常看见他花一千元赌回来一板车洗衣粉和卫生巾。我们的嫂子见我们就说——这够我们全院的护士用一年。

20世纪90年代，老牌李斯还在春风之外飘零。偶尔被迫去开女儿的家长会，也只能坐在角落偷窥那些年轻女教师的容颜，回来和女儿讨论谁谁漂亮。兴致好时，会帮孩子写作文，然后偷偷察看老师的评语。但凡评价不错时，都会打电话喜滋滋地告诉我——这回她老师给了95分。但多数时候是刚刚及格，那他也就瞒产不报了。那些小学老师哪里知道这是一个精通英汉双语的人，在为孩子捉刀等候一个表扬。

他是一个好读书且博学的人，对许多专业外的知识杂学，有着孩子般的好奇。肚子里的杂学多了，还喜欢追求一点格物致用。为了培养女儿的爱心，他把自家的楼顶平台封闭起来，让孩子养宠物。去宠物市场一问，才知道那爱心也不是他这种平民人家所能栽培的，于是改去了菜市场。女儿天性纯良，见爹地买回的是小鸡小兔，也无怨言，还是兢兢业业地喂养起来。鸡兔即使住进医院宿舍，该病照病，夫人是血液专家，对禽兽也束手无策。李斯便找来家里的各种医书研究，把内科外科甚至妇科儿科都操熟了，开始对鸡兔动手术治病。结果女儿的所有宠物，都在半成年阶段，被他好心地救治成了下酒菜——其中还包括一头羊和一头猪。相处久了，虽是禽兽也有感情，女儿难免要哭，要罢餐。他往往会苦口婆心地劝说——你在精神上已经具备爱心了，现在爸爸得要教你在肚腹间具备爱心。

七

1996 年我开始打工做出版，想起李斯有本书稿在箱底压了十年，遂动员他拿出来给我出版——这就是后来风靡了一阵的《垮掉的一代》。他那时大约正就着宠物鸡兔喝夜酒——我们都有这个恶习，我说你作为编著者还是写篇评述吧，我们好到媒体去宣传。次日大早，他的传真过来，我一看就七窍生烟——他竟然用明清的骈文写了篇文章，搞笑之至，今日的媒体谁会赏识？我知道那阵子他闲得无聊，正在把明清笑话中的《屁赋》翻译成英语；文风所引，也就满纸乌烟瘴气了。

此书一出，便有多家出版社找他翻译，他总算找到了饭碗。从此白日闭户，数月不到人间行走，没想到一不留神就成了中国最酷的翻译家。译著范围从《野兽之美》到《心理学史》到天文地理乃至妇科美容，似乎没有他不敢译的学科。这样一来，知识更显渊博，人生中的困惑也就更多，朋党中可以对话的也日渐稀少。

偶尔下楼来呼朋引类喝酒，大家声色犬马谈笑风生，他更是妙语连珠。但如果谁要谈及政治国家这些东西，那他肯定顿时勃然，摔杯掀桌，拂袖而去。朋友们念他原本重情重义之人，往往又去拉他回座，大家酒已十分，他则会无端号啕起来。

译书对他而言，就是谋生，因此也就当是倚门接客，无心挑选了。他遇见好书如遇恩客，那是要赏玩文字，曲尽欢颜的。遇到无聊的书，只好胡乱几把，泻完收工。书籍出了百余部，评者自然也有讥刺乱译的，他唯一笑。只有我深知他的玩心，更深知他的语言造诣，无论英汉，皆在我辈之上多多。

所有的玩法皆让这厮觉得无聊之后，他说想去考武大赵林先生的神学博士。我们以为又是闹着玩，都认为他考不上，结果一年之后，赵林对我说——他确实比那些一直学哲学过来的考得好，只好取了他这个40开外的高龄博士生。

要上课还要养家，他便去应聘工大的老师，校方看他成果一大堆，却无任何职称，就说先只好按讲师待遇用。他也无心计较，好在可以把档案又从街道办转到学校，省得人家每天找他去跳扇子舞。一边要给硕士上课，一边要听导师讲课，跑得太累，我们就劝他买车。他到车市去看了一款最便宜的坤车，付完钱，自己还不会开，打电话找了个哥们儿去帮他开回家。就这样，他每天把庞大的身躯塞进那小蜜车，开始奔跑在两个大学之间。一边研究神学，一边把哥们儿继续团结在歌厅包房和啤酒间。赵林兄原本也是大家当年的朋党，他现在则恭称先生；而他带的学生，则一律叫他老大。他仿佛真是重出江湖的老大，经常把稿费拿出来带着一群大孩子喝酒，心下甚是惬意。

八

一个人爱上李斯并不难，难的是一辈子都爱。这种人是一般女性杂志称为“杀手”级的家伙，但又绝对不是那种要少女提防的色狼。也就是说，他是那种爱动真格的人，一弄就容易弄出个柔肠寸断。我常常对他说，你要不是读书多一点，很容易走火入魔进入花痴的境界。他自己多少也知道钟情者正在我辈，故而即使遇见九分可人的追求者，他也往往不太敢玩火自焚了。

应该说要评选年度“最差老公”和“最佳爱人”，李斯都可能榜上有名。作为丈夫，你不能说他格外有多坏——他顶多也就算个顽童，尘缘未了，玩心未尽而已。一旦后院失火，他会去混迹一段背包客的生活，找个网友谈谈人生苦闷。我们戏改《金刚经》说——射即是空，空即是射。他是很容易又感到人生空虚的，空了又回来继续操持家务——家里的厨务，一般来说，他是包圆了的。

他会时常玩些正常人认为“发神经”的事儿。比如突发奇想，中年要改行学吹鼓手，就去买个唢呐回来单练。深更半夜的医院宿舍，如果出现鬼哭狼嚎的怪异啸鸣，大家都知道，肯定是胡医生的家属又在吹号了，其夫人永远要被他的各种胡思乱想弄得哭笑不得。有一阵子，他忽然开始研究中医养生乃至内外双修之类，自己按图索骥去抓来各种草木在家里熬制药膳，可怜一只老肥母鸡，被他煨成了一服十足的汤药，苦涩难咽。太太绝食，他只好动员女儿和他同甘共苦。他还要装出啧啧有味的样子，最后自己也无法吞下，只好拿去喂楼上的宠物猪。家人未能进补，猪却开始发情打圈。

好玩的人做事也有认真之处。某日朋友送来两只甲鱼，我们分工，他杀我烹。我把各种配料搞齐了等肉下锅，跑去一看，他还蹲在地上吭哧吭哧地肢解，周围摆满了各种各样的电工工具和医疗器械，刀叉剑戟一应俱全，手上还拿着螺丝刀在拆卸那王八盖子，一边骂骂咧咧——这玩意儿太结实了，根本就不是人吃的。

九

嫂子是兄弟伙儿公认的好女人，知识女性，年轻时也饶有姿色，热情宽厚。可想而知，他这种人要不碰到个宽容的女人，那日子还不过得飞叉扬戟的。但即便如此，小两口早些年，也难免为一些鸡毛蒜皮的事儿扯皮。古人诗云——贫贱夫妻百事哀，我是从他们那些年的生活里看出了这种苦涩的。

婚姻本来就是现实的制度而非理想的，放在他这种性情中人身上，自然需要太多的磨合。他在某种程度上，是一个极端西化的人，却还抱有许多封建夫权思想；面对夫人的批判，他总是自我解嘲的——男人嘛，你不能要求几千年的文化传统从我这儿改变嘛。

江湖谣传，他曾坚持数年给初恋情人暗寄情书而从不留地址，他又是个蓬转无定的人，等到这位被感动得心花怒放的初恋终于找到他的萍踪侠影时，两人皆各有所托了。女人有悔不当初的意思，愿意为之留下而放弃温哥华；他面对本无过错的妻子和天资过人的女儿，同时也不希望对方放弃多年努力终于可以成行的好事，只好拒绝了。事关隐私，或者不实，但有个真实的细节则无可隐去——多年后的某日，李斯大醉，深夜打的，司机问去哪里，李斯泪流满面地说：去温哥华。司机愕然。

我知道暗恋甚至明抢李斯的人不在少数，他在多数时候显得像一个"不勾引，不拒绝，不负责"的人，但仍有少数人会弄得他撕心裂肺。一番风雨一番秋，玩着闹着就到了中年，荡气回肠的往事都会渐渐被自己刨土掩埋。

一般而言，他是一个可以给朋友带来欢乐的人。那些来来去去的雨啊，渗进土地，最终还会蒸腾为云为烟，为各自心头横抹的晚霞，于枯淡的人生里暗藏一道隐秘的奇观。

在最近的一次讨论里，他略显悲哀地问我——当我们不再有激情，不再有能力去爱时，我们的生活还剩下什么？我说不会，我们这一代的青春期将会无限延长，会永远充满老年浮士德的烦恼。他听后大笑，他说你的乐观确能感染我。

回想起来，诗酒订交已然 22 年，那时的我们还相信国家

热爱生活，相信有一个远方值得我们去追寻。那时的他总是收拾完行装，来邀请我和熊红陪他去扒煤车，说拉到哪里算哪里。他永远有无数个新鲜有趣的主意，邀约我们去实行。

20 世纪 90 年代我和他相隔幽明，他怕我在里面绝望，来信鼓励。他说——外面虽然经济繁荣，许多人富了，但你不要急。等你出来，我们可以成立一个精子销售公司；熊红的形象好，先拿他挤起卖，估计他还没挤完，我们都发了。把我顿时说得眉开眼笑。

他每回来探监，总是要抱着那时两岁左右的女儿，趁管教不注意，急忙从孩子的襁褓里摸出一瓶二锅头，暖烘烘地塞进我怀里——这在监狱是大忌，一旦被发现，连他也要受罚。他知道兄弟好这口，只好把孩子弄来做地下交通员。

古人说白发如新，倾盖如故，这种高谊在我们之间始终保持。而今的他，正在英国乡村的一个贵格派教堂里研修神学，彼此电邮往返，既谈天问般的玄言，也谈同修们的颜色。

我想说他是一个十分纯粹的男人，是少数能坚持不落俗套地活着的人。与他讨论任何正邪话题，他都可以妙语连珠，其幽默充满智慧，但内心又是非常的伤感和绝望。某日在一歌舞厅，我们目睹一群流氓冲上舞台追打演员，可是我们已经老得没有力气打抱不平了，于是他掩面痛哭，他摇着我的肩膀哭喊着质问——这就是我们留给孩子们的一个国家吗？

我为此感到锥心的疼痛，我深知他对这个世界的看法，但我们却都早早地放弃了任何努力，且任凭酒色财气也无法疗治我们积年成疾的内伤。即使是一个老酷客，最终也会像最后一个莫希干人一样，消失在时光的深处。

散材毛喻原

一

人，究竟要怎样地活过平生，才算不负我材？

每每夜黑酒深之际，扪心自问，甚感困惑。纵观前史或转顾周边，总有人殷勤早慧，自来便心雄万夫，别有怀抱。一生常在奋斗中，到老荣登成功学——这就算是所谓的栋梁之材。当然更多的人，挣扎泥涂，在“伟人”的所谓使命征程中填沟转壑，籍籍无名仿佛未曾于此世往还，这就是所谓的草芥之命吧。

栋梁易伐，草芥易焚，似乎都不是生命的最佳存在；又或者说，二者皆是强梁穹窿的牺牲。贵为卿相和贱列刍狗，终归是他人命途的沙砾，铺就的是被践踏的道路。

在此二者之间，还有第三种人生可参吗？伟大的庄子用他那特殊的诗化哲学，为我们描述了这样一种树木——今子有大树，患其无用，何不树之于无何有之乡，广莫之野，彷徨乎无为其侧，逍遥乎寝卧其下。不夭斤斧，物无害者，无所可用，安所困苦哉！——这就是为后世遗贤所躬奉的“散材”。

散材之木，难为器用；不伤斧斤，故而独立延年于人世间。从市井的势利眼光看，这样的人生迹近失败。然而，千载以来的君子士夫，独爱散材一般自由超迈的人生，常以“散人”自居，唯求苟全于乱世。即便是如此退让低调的人生观，倘逢真正的恶世，亦难苟免于伤害。譬之当世“散宜生”——聂绀弩的命运，便可见出散亦难生的坎坷。

我辈多为散淡中人，其中散而为材者，当属吾兄毛喻原。我们神交既久，又皆从南方各自小城流落帝京，扼腕谋面于世纪初年，寻常过往十余载，知人论世，多有暗合。其人市隐蜗居，虽著作等身，却几乎无闻于俗世。一直想用拙笔绘之神形，以使后人尚知浊世犹有洁士。恰好其新著散文集将梓行，嘱余弁言于前。遂值此霾天寒夜，捉杯濡毫，以酒为墨；重读庄子，绕室徘徊做提刀夜奔状，以为吾兄养气行文……

二

四川乐山，三江汇注之地，自古文脉渊深。1955年的小毛诞于此高山厚水之间，仿佛正蕴涵了青衣江峨眉山这样一串好古雅名字的灵性。八字推来他也许一生命硬，尚未降生便已失恃——其父先他之来三月便耿耿远去。其母平凡工人一个，不得不拖着三个儿子迎向即将到来的大饥荒年份。

寡母善良慈爱，克勤克俭，遗腹子面世的毛喻原，童年并无多少饥饿的记忆，且一直是哥仨中最爱读书的少年。“文革”之际，乐山乃武斗最严重的地区，他曾经在一次无知的逃荒中，初尝了差点饿杀的恐惧——也许这，成了他喜欢观察思考今世的起点。

整个初中高中，他都是学生干部。当两个哥哥都被热血裹挟积极参与造反之时，他却沉陷在苏联文学的最初惊艳中。似乎有些人天生就是那种老师偏爱，女生暗恋的男孩，十几岁便显得老成持重的他，果然遭逢人生最初的艳遇。一个驻军团长的女儿，他的女同学，开始发起了对他的持久追求。

在一个最清教徒主义的时代，他与这个“冬妮亚”的故事，缠绵悱恻，却又那么单纯干净。最深情的密约，也突不破那个年代特有的胆怯和坚守。酷似少年保尔的他，最终失散于误会的他们，都只是在禁锢的青春中领略了爱与美的怅然。在今天重读他的《冬妮亚之恋》，我依旧还能感到某种疼惜。

三

我们这一代红色风暴中成长的男人，对世界的质疑，一般来说，多有一个起点。

老毛的家，就在古城平民聚居的寻常巷陌之中。他家斜对门的邻人，有一个远比他大的青年，靠修理自行车维持生计。这个贫贱的手艺人，也许因为职业积习，成了那个年代极少有的自行车发烧友。他某天在闹市终于发现了一辆传说中的三枪牌单车，便亡命地偷走了。孰料这是乐山最高首长的坐骑，于是判刑入狱。老毛中学时分，这个鹤立鸡群的贼刑满归来，开始了对他最初的潜移默化。

那时，牢释犯统称坏分子。这个坏分子每夜收工，喜欢独坐街边拉京胡。因为音乐或者好奇，中学生老毛慢慢开始成了他家的常客。懵懂青涩的他，发现这个邻人像一个高深莫测的江湖奇人，随时聚集着一批奇形怪状且来路神秘的汉子。他们在一起大碗喝酒，分析时事，抨击当时的各种弊政，听得他心惊胆战，却又仿佛醍醐灌顶。

他在这一批时代的流配归来者身上，发现了世道的秘密，开始一惊一乍地审视这个共和国的来历。一边是学校的五好学生进步青年，一边是街头的贱民聚会旁听者；两边的教育迥然不同，他像一个身负绝密的孩子，活在某种惊恐和不安中。

类似的际遇，朱学勤兄也曾经在他的《失踪的思想家》中回忆过。而我的少年，也曾有大致相似的启蒙。我从无数故事和亲历中感知，在中国底层，无论处于怎样的兵荒马乱和高压恐吓之下，都一直有某种江湖道统在秘密传承。正是这样一些不惜扛枷负锁的人，在民间社会坚守常识，揭发真相，思考着国家民族的走向。

而今，当霜鬓艰深的他，也成为这样一个纯粹的民间思想者之时，我在他那早已不复存在的深巷瓦砾中，似乎找到了那一起点。

四

1974 年的中国，“文革”进入疲软整顿期。因为副统帅的决裂，更多的中国人开始反思那个畸形时代的诸恶。这一年，高中毕业只能下乡落户的毛喻原，成为乐山周边山区的一个甘于挑粪的农民。

他的母校乐山一中，曾经是抗战时期武汉大学的所在。武大班师之后，馆藏的图书多数留给了该校。“文革”的焚书运动中，校方封存了那些“毒草”予以保护。这时，童蒙已开的老毛和他的平生兄弟莫斯等哥们儿，因为强烈的求知欲而无所求，于是开始了他们冒险的偷书计划——他们定期攀缘母校那些熟悉的门窗，像翻越一个愚昧罪恶的时代一样，直接进入民国的宝藏。那些沾濡着前朝精英手泽唇香的书卷，就这样流进了山野怀梦青年的私囊。所谓涓滴之珍啊，在最荒芜的年代，像一脉骨血暗传，就这样以最乱法的方式，滋润了这些穷乡僻壤青年的腹笥和远大视野。

他成了真正意义上的知识青年——当多数同代人还在背诵最高指示时，他们早已熟稔了费尔巴哈叔本华尼采了。因为知识，他很快成了乡村小学的民办教师。而村小边上孤独改造的某个老右派，又必然地成了他在乡村生活中唯一的朋友。仔细考察我们身边很多人的优异，皆因尘世间这样一些看似偶然甚至荒诞的际遇交往。

那个时代的毛喻原，在真正的底层社会窥见了人民。他一边习武健身，甚至伪装成了一个民兵连连长，一边在心底纵情滋生着自己独立人格的反骨。他甚至在很长的时间里，独自策划查勘地形，准备了一个特别招展的大字横幅，密谋在某个深夜挂上乐山的最高楼房……

他把与他同姓帝王的质疑和愤怒，凝聚在那一个节省口粮买来的巨幅长卷里。在临近行动的前夜，他忍不住告诉了那个老右派的忘年之交。但是，他接到了一个真正深通中国的前辈的劝阻和警告。那个为了成就他的前辈，中止了他的无谓冒险。他躲过了他的灭顶之灾，最后还惨不忍睹地看见了那个孤独男人，在一次被羞辱的爱情之后，乱刀自杀……

有时，我总在想，一个男人的一生，究竟社会要提供多少生命和血泪，才能浇灌出这样一个另类啊。很显然，老毛正是在这样一些坚硬的残酷事件中，更深地看见了他所处的国运中的悲哀。

五

“文革”中坚持读书、思考甚至写作的少数青年，基本上成了1977年恢复高考之后的首批应试者。老毛和莫斯不约而同，甚至有些怀才不遇似的一起被西南农业大学录取。他分在茶叶之类的特产专业，其优质异秉依旧使他像高中时代一样，成了班上的骨干。

但是，几乎从进校开始，老毛就对中国大学教育彻底失望。他在人群中横来直去，对周遭世界保持着一种置身事外的态度。其实，那时的大学，远比今天的大学要宽容和开放，而学生们多来自社会各界，独立人格和思考，也远比现在的孩子们要好。有那么一年，中国曾经允许高校学生竞选人大代表，一时间多数大学掀起了竞选热潮。

老毛冷眼旁观各种弄潮儿的伺时而动，他无意躬与其盛；因为早在那时，他已经深怀制度性的绝望。鲁迅似乎说过：专制使人冷嘲。老毛内心的激愤往往也表现出以冷嘲，甚至还会以一些恶作剧的方式来调戏这个荒诞的时代。于是，在西农的选举热潮中，老毛和莫斯密谋了一个巨大的玩笑。他们暗中操刀，打造出一个竞选明星；展开系列像模像样的选战，借此在当年的重庆各大院校掀起民主启蒙的新浪潮。最后，在绝对可以胜出而获选人大代表的时刻，他们突然让这位同学宣布退出——他们与这种装模作样的假民主政治，不想有任何合作，更无意于勾肩搭背地联欢上位。

大学四年，老毛甚至依旧保持着当年的窃书习惯——我们那一代大学男生，几乎多有这样的劣迹。那时，捉襟见肘的我辈买不起书，更重要的是，图书馆的更多好书，依旧还是国家的禁书。在一个禁忌密布的国家，这也算突破知识封锁的无奈反抗而已。毕业前夕，他在干最后一票的时候，终于被发现……那时的学校还算开明，只是处分；然后在毕业分配的去向上，计划把他发配到一个大凉山的劳改农场当狱警——辅导罪犯们种茶。

向来耿介慷慨的老毛，终于到了与既定命运彻底挥别的时刻。他在 1981 年就抗拒了毕业分配，放弃了那个年代大学生特有的光环，以及与之相随的国家干部身份和可以望见的现世安稳。他背负着简单行囊，在同学的惋惜和世人的诧异目光中，平静地回到他的乐山老家，开始了他终身独立的生活。

六

80 年代初的中国，无数被侮辱被流放被惩罚的知识分子，平反回到了体制内，甚至多数成为体制的维护者。七七、七八级的大学生，今天很多人都成了所谓的国家栋梁，甚至开始接管这个国家。但很少有老毛这样的人，早早就清者自清，主动放弃了与浊世的合流。

乐山古城的张公桥，大约是明代留下的古建。1982 年的老毛，和他的哥们儿陈朴一起，在桥边搭起了一个租书店，同时兼营冰棍凉茶。两个大学生在当年做出这样的选择，本身就成了一道风景和闲话，传说于市民们的交头接耳中。

他们把自己的藏书拿出来出租传道，并兼以维生。他们拒绝任何武打剑侠及流行通俗文学，刻意地保持着自己的品位和个性。这样一个临水的小木屋，几乎成了当年川西的一个文化码头；那黄昏中挑起的一盏孤灯，像传说中的峨眉侠道客栈一般，迎来送往着一拨一拨心怀天下的读书人。

从知青年代开始，老毛就已经默默在书写自己的哲思。他以尼采般的诗体语言，刻画着自己对人性、社会和时代的思考。他几乎从不投稿，那些玄奥华美且艰深的文字和思想，向来也乏真正的解人。他把租书赚来的微薄余利，拿来自费印刷了自己第一本思想散文著作《永恒的孤岛》。这本书当年便在文学江湖中隐隐流传，影响了很多民间书写者的品位。

整个80年代，从开书店到参办函授大学，老毛一边给港台出版社译书，挣钱养家糊口，一边坚持着自己的民间写作。依旧自费印刷，陆续推出了思想散文《梦幻的大陆》、圣经体论著《爱情书》等代表作。1989年6月，他一生唯一的恩宠——寡母，也撒手尘寰了。他几乎无法面对时代和家庭的这些巨大死亡事件，一向健康的他突然倒海翻江地呕吐，差点也随侍慈母远行……

七

我见过当世许多身怀绝技的奇人异人，他们多在体制外蛰伏，不显山不露水，混迹于屠狗一辈草根生灵之中。但像老毛那样多才多艺且涉猎甚广的人，还是十分鲜见。他一边绝望于社会甚至华族，但又能满怀激情地去自个儿翻译自费印刷一些作品，来力图拯救这颓败的人世和族性。

这些年来他著述的范围极广，其研究遍及语言学、社会学、政治学、文学、艺术学、历史学和哲学等。如《论汉语的险境和诡谬》《时代思想词典》《时代思想笔记》《精神就是精神的事》《玩笑历史与公司中国》《中国当代神话》《书法的迷障》《思想图像——对人和世界的描述》《疾病的哲学》《曾经与正经》《论人生的五大关系》《一个禁精神之欲的时代》等多达二十几种。

他翻译的作品，也多是经过他的慧眼看中的读物。比如法拉奇的系列作品，以及《基督教精神史》《美国大政府的兴起》《回答莫斯科的圣经》《英美现当代诗选》《普拉丝诗选》《女人与自然》《坐九路汽车去天堂》《白朗宁夫人十四行诗选》《跨越5000年——改变世界的28种观念》等多种。而他参与编著和编辑的图书更多，更为有趣的是，他还坚持多年独自一人编辑并地下出版了一本同仁杂志《汉箴》，完全不为名利地为这个时代的读书种子提供着一份高雅的食单。

他一个学农的人，却极富美术天才。他的彩笔画独特瑰丽，办过画展出过画册，深得圈内朋友喜爱。前几年他去大理看我，随便在古城街边瞟学了两天，就悟出了那些民间手艺人的木刻技法，立马买来工具就开始创作，为所有朋友木刻造像，个个栩栩如生形神俱佳。古人说造物嫉多才，但是老毛这样的浑厚灵秀人物，放在偌大的江湖中，反而优容自如，无伤于恶世的斧钺加身了。

八

走马观花花已老，倥偬人事又年年。

而今的老毛恍然逼近花甲，所谓岁月霜雪，确已半染苍头了。青春的愤怒渐归秋水，在他貌似敦厚的常年笑容背后，仿佛一切的烈火哀愁都波澜不惊宠辱皆忘了。

他喜欢音乐和美食，炉灶亲炙，一手回锅肉享誉江湖。更好玩的是，他还喜欢雀战。那年在大理，短暂淹留，他却专门去山下买来麻将和配套的麻将桌，把我和余世存团结在南村的明月院落中鏖战。

他的桩功很深，与人拉手斗腕，扎马不移步，收放之间，抖腕能将对手飞出数步。就这样一看似棱角消磨几近温润如玉的半蔫老头，偶尔金刚怒目之际，依旧锋芒毕露。

唐人钱起诗曰“散材非世用”，意思是说，这样的人物多与世相违，故而只能避居于荒野陵谷，求得个自己的快意平生，唐诗还说“今日散材遮不得，看看气色欲凌云”。在老毛身上，我是真正能感到这种云霄生涯的超脱高蹈之姿的。

读老毛的忆旧散文，仿佛在共同回顾我们这一辈人的成长与挣扎，歌哭笑骂之中，足以辨识出一个世代的荒诞和残酷轨迹……

颓世华筵忆黄门

一

我于京都的来去，似乎正应了“十年一觉”的古语；青春的混迹，萧然的过往，挥别的双袖间大抵笼下的真是几片云彩。那些繁华与艰涩，惊怖和欢愉，如今皆已遥远；一如广场上那迭经翻修的方砖，早已抹平曾经的铁蹄。弹洞般的心灵，在向晚的冷眼转顾中，恍惚徒剩空穴来风似的荒凉和无凭——逝者如斯，往事之传奇竟如虚构，仿佛一切未曾身经一样。

在黄昏的苍山下检点平生屐痕，万事万物皆显温柔。昆德拉说，即便是绞刑架，此刻也将被怀旧的光芒所照亮。偶尔想想那个被称作心脏的城市，衣香鬓影高衙冠盖充斥的长街，恍同失血的脉管日渐枯瘦。而在我次第遗忘的温暖风景中，似乎只有望京的黄门，还能不断从时光深处浮现出来，荡漾着魏晋风度般的余韵。

想起那些酒狂任性的岁月，于今日之慵懒里，依旧犹能搅起几许引刀江湖的豪兴。翻检一点黄门中存储的故事，述与来者，也许便是当代的世说新语。或能见证残唐晚明的狂欢，亦可聊尽心底的一杯余沥。

二

所谓黄门，乃布衣黄珂之舍也。室无主妇，不可谓家，故谓之门。黄门坐落在京都西北角的一栋高楼里，和所有的现代穴居户一样，普通的防盗门、猫眼和门铃。黄门虽以酒肉名世，却绝对不是朱门，当然也不算柴门。黄门主人黄珂，身长五尺，形体和心性皆属敦厚之辈。坐如白熊，睡如卧佛，一旦醉翻则不免有玉山倾倒之虞。

曾文正公观人论相，谓有清浊之辨。用他的说法，黄珂属于“静若含珠，动若木发”，实乃澄清到底的人物。凡事疏节阔目，若不经意，此所谓真正的脱略散人也。我平生阅人算多，但黄哥这般的异类，实不多见。按其半生事迹行藏，放在古代，那得是春申平原一流公子堪比。要用文学典型引喻，水浒中的小旋风柴进庶几近之。但这几位都是王孙贵胄，有天大的祖业撑着门庭。而他这样的布衣员外，竟然也张罗着食客三千的流水席，确确乎算是一道京都颓世中的奇异风景。

黄哥与我，曾经门当户对数年。所谓“隔篱呼取尽余杯”的事，那基本是隔三岔五就要发生的。一个人办一顿好饭并不难，难的是一辈子办好饭，尽飨天下宾客。他几乎像一个勤劳的妈咪，把干部和群众团结在酒色边上；入夜时分，其客厅就成了当代中国最大最和谐的包房。问题是酒阑灯灺，既无须埋单，也没有小费，更没有抽头。红男绿女家家扶得醉人归时，他还得自己打水洗脚。

其实，黄友会最初议定的游戏规则，是大伙强行帮他定做了一个捐款箱，凡有食客自愿且自觉者，可以往里面随意投币，聊以减轻一点主人的负荷。箱子就放在门厅边，投不投币主人皆看不见，大家皆无尴尬，都可一视同仁地入座。放了些日子，箱子日渐沉重，黄哥的心也沉重起来。他怕别人说他敛财，坚决地撤下了箱子，朋友的善意也就落空了。

我深知他这样的好客，所费实际不菲。楼下卖酒的，基本指着他发财；菜市场的活鸡活鱼，见天望到他去就恨不得躲起来。平民之家，每年炉灶上要烧掉几十万，我看着都着急，可他依旧是乐在其中。也有媒体误会，以为他是致仕林下的高官巨贾，家有金山挖不完。实际我所了解的这位爷，还就天生是个割肉疗饥的主；骨子里的仗义疏财悲天悯人，使得他俨然呼保义及时雨，时时处处接济和交游着天下英雄豪杰。无论流徒配客，游僧野道，入了黄门，皆有宾至如归的感觉。

三

黄门宴而今名满天下，多数人津津乐道的似乎还仅限于味觉。其实菜品如主人，原很朴素简单，并无什么奢华淫侈的可供炫耀。真正令各路江湖人物前赴后继蜂拥而至的秘密，乃因黄哥之宽厚所形成的一个巨大气场，足资三教九流五花八门在此切磋盘桓。遥想当年的法俄沙龙，因为贵妇名媛的吸引，而形成社交圈和艺术流派，进而影响国家和人类。但怎么联想都无法解释，黄珂这样一个老光棍，究竟在草草杯盘之中下了什么迷药，以至于随时麻翻各方俊杰好汉。

他信奉来的都是客，无论上三品下九流，入座三杯皆饮者，出门一拱即友人。餐桌有时加到五米长，座次却并无主次尊卑。偶尔宫里的枢密要员也有访者，我看也就是奉叨末座而已。宾客互不相识，各自山呼海啸地吃喝，谁也不曾礼让着谁。常常枉顾的朋辈，许多也是财富榜上的豪强，到这里粗茶淡饭还得等着翻台，也照样无怨无悔地往还。名流多如过江之鲫，随时皆能邂逅巨星歌后。一些不是大众脸谱的闻人在你身边挤着觥筹交错，要等交换名刺时才互道三生有幸。

就是这样一个看似鱼龙混杂的江湖堂口，也确实穿梭着许多当代大腕和异日英雄。当然除开这些耀眼人物之外，更多的还是寻常过从的布衣之交。无数怀才不遇漂泊京都的畸零者，自然也把这里当开荤的私厨。有开酒厂的朋友送来几吨白酒，半年不到就只剩空盒。厨娘小彭看着每天要成箱运出的垃圾，常常是愁眉深锁地苦笑不已。

最奇特的是某年，一个穿着打扮极为考究的青年，几乎每个夜晚皆要来黄门吃喝，而且一坐就到半夜才告辞。其人寡言少笑，待人却礼数极周，为集体活动办差也非常热心快肠，因此大家皆有好感。我因住得近，常常席终人散之后，就剩我们三人枯坐。那时常来的有位西门子的美女，这哥们儿正和某部的一干员在争夺，似乎他已获胜筹。我尝私下对黄哥说，此君做派气象乃江湖人物；果然未久那美女来哭求大家帮忙捞人，结果一打听，原来竟是在海南身负两条命案的东北逃亡者。但他确实对那美女纯情，该女希望拿出平生积蓄来营救，我们只好劝慰她放手——这样的顶级杀手，岂是区区存折可以救命的。

许多人知道了有些后怕，那时捐款箱就沉沉地摆在过道上。更多的时候只他和黄哥对酌到深夜——他如起歹意，并非没有机会。有次半夜我和他一起出门时，他忽然拉着我说：我想把我的故事讲给你，你一定可以写一个十分精彩的剧本。可惜这样的倾诉尚未开始，他就要赶赴黄泉了。而我至今仍然相信，他至少是被黄哥感化了的人。也许起初他来的动机难以推问，但看久了黄珂的相遇之诚，便启动了天良。江湖之中，其实道义和古风犹存几许，以心换心，往往可以逃过无妄之灾。

要说黄友会的人不拘小节和俗礼，那也未必尽然。某次耀邦先生的遗孀也来便宴，大家皆起立恭谨地迎送。非仅为老太太的尊荣，实因一个时代的刻痕犹在，功德自存人心，向背也只在人心而已。

四

如上述，黄友会似乎仅如丐帮大会——凑堆吃喝而已。其实不然，一般来说每年都要搞一些有益有趣的活动。在此出入的人物，多数在他们各自的领域里，皆是头角峥嵘的非凡之辈。随便拉扯一员出来搞个专题讲演，无须任何准备地信口开河，那也往往要言惊四座。

重庆达人王康，江湖敬称“老康”的这位爷，形貌在列宁与布哈林之间，腹笥则非同小可。他与黄珂乃旧交，每次流窜来京，必是要请他开讲筵的。他对于俄罗斯文化和前苏联问题的研究，远胜于体制内那些专家。在酒席间听他信手拈来地从苏联解体讲到中国的未来，的确还要比凤凰卫视上他那些高谈更生动和深刻。

除开杯酒高谈，黄友们也还搞一些慈善活动。为白血病孩子捐款，为印尼海啸和四川地震赈灾，等等。至于其他看片会、画展、音乐会、首发式和开业庆典之类活动，由于朋辈多能人，那基本是随时都会接到邀请。黄哥是中心，经常看见他忙着群发短信，实际都是在热心快肠地帮朋友捧场。

四川有句粗话说“自己的屁股流鲜血，还要帮别人医痔疮”，这句话我时常觉得可以形容黄哥的急公好义。这个世界助人为乐行侠仗义的人，我也见过不少；爱邻如己一视同仁的君子也越来越多，但是像他那样完全不择对象不论亲疏地急人所急，实属罕见。

黄友会基本每年圣诞或者元旦，要雅集一处搞个自娱自乐的晚会。歌星舞师演艺名角太多，名导演更是一大摞，节目自然是不愁精彩的。某年黄哥突发奇想，要动员大家排个独幕话剧，而且全部由非专业人士来表演。我受命写脚本，偷懒将老舍先生的茶馆第一幕拿来改编成现代内容的讽刺剧，人物和结构则仍然用原著的设计。大家看好这种无厘头改编，遂开始邀约同仁排练。

王老板自然非黄哥莫属，我演的唐铁嘴，平面设计大师旺忘望演松二爷，制片人章芙女扮男装演常四爷，音乐剧明星影子女扮男装演刘麻子，著名音乐人李苏友演庞太监，高大林演秦二爷，翻译家李斯演老丐，诗人李亚伟演宋恩子，万夏演马五爷，陈琛演李三，行为艺术家昌鑫演二德子，高氏兄弟演吴祥子，作家深蓝演小妞，企业家刘兴平演农妇，学者余世存演康六，还有个女画家演他的女儿。

一群从未演过话剧的人物，临时组织起来背台词走场次，那确实是笑话百出。剧务更好玩，去北影厂租来了全套清末的服装道具，又在 798 艺术区借来了最大的一个舞台，全套音响灯光和摄像，大家就这么开玩起来。总共排了三次就登场，观众来了两三百。多数人都记不住台词，只好根据剧情临时瞎编——好歹是一群“名角”，智商都摆在那里，所以基本还不离谱。直到今天，我看那现场录像碟，还是忍不住要捧腹喷饭。

这样的“实验话剧”，显然在中国还是鲜见。就这一堂形形色色的“大牌”业余演员，我估计在黄友会之外还真难组合出来。更好玩的是由于讽刺的是当下的世相，几个原本准备去报道的媒体记者，看完彩排吓得立即撤退出去。一群老顽童游戏人生的玩法，还真就应了王朔兄小说所说——玩的就是心跳。

五

黄友会原本一群老顽童小妖精的自我玩闹——在一个无趣的时代自讨有趣的人生。孰料最初由央视报道出去之后，竟然惊动了海内外各媒体的跟进。仿佛在一个落落寡欢的人世，发现了一个新的物种和生态。有媒体经常问我意义何在，我只能说，在一个成熟健康的国度，应该允许民间社会的充分发育。而我们处在一个森严的时代，无论文化或社群都不能多元发展的话，那民众的生活则只可能越来越死气沉沉。

黄门宴只是一个老实人在体制外形成的一个小众平台，无数个渴望真实生活和怀抱梦想的人，在夜夜笙歌的表象之下，可怜地交换着各自流浪的方向。他们来自世界各地，他们身处在一个迷惘的时代，流离于大起大落的人生，疑惑于这个世界的走向。他们虽然经常沉溺在夜宴残醉之中，但黎明醒来，仍然要投入各自残酷的生活。

也许不同的人将在这里结下各自的殊胜之缘，进而在蒙昧的时光中找到自己的方向；但归根结底，所有的汇集都是偶然，所有的人都是过客。只有黄珂将停留在他始终喧嚣的夜里，只有他还会在暮色深处挑起这一盏古代江湖传下的孤灯，为这些熙熙攘攘奔忙和小泊的扁舟，送来一点微茫的温馨。一切不过仅此而已，似乎只有我约略曾经窥见，他那霜鬓丛芜后的落寞。

球球外传：一个时代和一只小狗的际遇

一

好久以来，和它相对枯坐在苍山下的茶隐村舍时，看着它那双忧郁的眼睛，我都不免要想——也许今生，该要我为你树碑立传，而不是你为我去守坟了。因为按自然规律，人的命再贱，不出意外的话，总要比一条狗命长。

尽管村舍里来来往往的过客，都因出于对这个小杂种的喜爱，而动员我写写它；但我总是乐观地设想，还早着呢，它才三岁。比照人类的生命周期，它正是青春岁月。也许我们还要相依为命熬出更多的故事，才轮到我为它哭泣，为这个世界讲述一只狗的颠沛流离。

然而人事尚不可测，况乎畜牲道。无妄也罢，意外也罢，一切可以降临到人类的灾难，本质上狗类也不能幸免。似乎2009年注定是一个残忍的年份，大年初三，侯哥来电幽幽地说——球球走失了，年前就已失踪，世存兄怕你伤心，没敢告诉你。

在电话里，我只能达观地说——狗也有狗的命数。在恶的人世间，它不能指望终生都能遭遇善意。大限到了，一切都在劫难逃。再说比起它的同胞兄弟姊妹，它的奇特际遇已经可谓前世的福报。更何况，一去不归的它，也许原本如世存兄引用的龚自珍的诗，它是“空山徙绮倦游身”；念念此去，或者入的竟是锦衣玉食的门户，而无须追陪几个潦倒江湖的书生，再过这种朝秦暮楚的无根生涯了。

往好处想，只为聊宽老怀。失踪的故事于我的真切隐痛，原不陌生。世间何处无刀俎？你我谁谓非鱼肉？人犹如此，狗何以堪？这样说来，悲声便可压抑。但是许下的愿——为球球传——却是我这开年的创伤之夜，必须要偿还的孽债了。既是为它，也为它那几位自我流放在祖国的卑微父亲。

二

球球的身世血缘，是我断续听来的。流浪在丽江一带的许多落魄书生音乐人，偶尔在大理邂逅它，会认出它是诗人 L 的养子。

球球的生母大抵原是丽江的一只流浪狗。四年前当 L 被都市驱赶而流落到这个古城时，也许同病相怜一见钟情，遂收留了这只相貌平平且血缘混杂的小母狗。那时，他再婚的妻子——一个原本贤淑漂亮的女人，实在不堪他那种动荡不安的生活，终于挥泪告别了他。于是衣衫落拓的他只好漂到边地，在一条游踪罕至的深巷尽头，一个唤作三十八号院的纳西木楼中，暂时赁居小驻了。

因为他的存在，三十八号院在今日的丽江古城，几乎已经成为一道江湖背包客的人文景观。谁要在滇西北一带厮混，肯定都曾去朝拜过这个码头。也许因为寂寞，或者出于生计，他把这个死气沉沉荒草萋萋的小院，异想天开地办成了一个音乐酒吧。

说他异想天开，是因为这个小院，实在太像《聊斋志异》中的某个鬼狐出没的背景了。院子古老且久无人居，燕泥蛛丝覆满空梁，窗外就是荒草颓墙别家的废墟，常有鼠蛇游离。他廉价租来后，只是在泛灰的墙上，找人胡乱涂鸦了一些非仙非道的图案，歪七竖八地扯了几条风马旗，挂了几条哈达，垃圾堆废品站去扒拉回来几张缺胳臂短腿的桌椅，然后就开张了。

没有字号招牌，没有工商注册，没有霓虹灯饰，没有像样的酒具，甚至没有红酒洋酒，只卖啤酒青梅酒和烈性的青稞酒——这也就只有他，才敢在这个国际性旅游胜地，开这样一个奇特的酒吧了。即便是我这样的老客，今天要去那阴森歪曲的寂寞深巷，不问路是仍然难以探出门径的。可想对一般的游客，那是绝无可能成为他的座上宾的。

问题是即便如此简陋，他那里依然门庭若市。乃因他那一管双截棍似的箫，每夜像一个埋名江湖之高手的暗器，总能洞穿那个喧嚣小城背后的枯寂，以至洞穿无数偶然过往的畸零者的心灵。于是许多人去过还转顾，坐下即沉醉——到了后半夜，常常满屋乌烟瘴气，地板上随处躺着的都是醉客。本来屋里就只点了一个五瓦的普通电灯，晚来的客稍不留神，就会踩踏上一些红男绿女的肚皮。因此，打架斗殴也就成了他那里长年的保留节目。

L 原本有匪相，天生有叛骨，江湖有名头；虽然店里雇不起丘二伙计，但时相过从的丽江老炮，多数便成了他的兄弟。偶尔有新客闯来，不识风色，那就很容易被抬起，直接从二楼扔到墙外的荒草中去。派出所先还来问问，见摔得多了，也没出人命，只要听说是三十八号的事，便再也不肯来叨扰了。周边居民听惯了这里的鬼哭狼嚎，只当是鬼屋闹鬼，也懒得去投诉了。

那一年的 L，夜里是长箫当哭，白天是和球球的生母牛衣相对，就物质层面上说，也就算是一最低级别的醉生梦死了。当他终于邂逅并留住一位今天还在陪护他的女人时，球球的生母也到了发情期，开始背着他翻墙越脊去寻找艳遇了。当这个小母狗的肚皮日渐紧绷之时，L 才开始意识到要做养父的责任，以及还要重新做人的责任。

三

球球的生父是谁，似乎大家皆不甚了然。有的说是一只沙皮，有的说是京叭，总之肯定也是一个贱种流浪汉。球球一胎堕地的大约有四姐弟，也许因为血统驳杂身份卑微，个个皆无福相。要放在富贵之家，母狗临盆也是一喜；可是狗命如人，投胎到 L 的三十八号，几乎注定先天带着悲剧符号。只因酒吧原非餐馆，尤其是 L 的吧，多的是酒，缺的是骨头。当 L 自己都是有一顿没一顿的时候，可想而知，这一窝狗崽岂能好过。

小狗如庄稼，撒在地里即便不追肥，自个儿也会悄然长大。但哪怕就算孪生姐弟，各自的命数也因落地的时辰微异而天壤有别。在成长的过程中，一只先夭折，一只被抱养，一只迷失在古城八卦阵一般的巷陌中，可能率先上了哪家的餐桌。唯有球球，抑或先天便憨厚，长相也无足称道，竟然在三十八号的混乱生活中，像猪一样活得安然自足。因为它的胖，憨憨的模样神似L，过往的熟客便即兴唤作球球，于是这一名字就这样进入了历史。

三十八号的地下音乐在丽江日渐成名，各地的浪人也多慕名而往，使这个原本萧然的小院慢慢有了人气。尤其是那些背着吉他漫游在大地上的天下客，更把这个二十平米的小楼当成了问鼎中原的大舞台。经常看见的场景是，一些被酒色摧得嘶哑的歌手，跳到桌子上放歌，满地的男女醉鬼一起合唱——当我已老到不能做爱，你还爱我吗？就是这些即兴音乐，常常也能触动离人幽怀，现场勾出无数涕泗。

老板兼酒保还兼乐手的L，生计不愁之时，文事却日趋荒芜。女友也厌倦了这种天天打打杀杀的日子，北归读书去了。L看着硕果仅存的球球，忽然便有了觉醒——决定回耕砚田。眼看望五的他，如果以酒业终老，那确实辜负了那几年深牢大狱。于是他决定带着球球南下大理，把酒吧转给了另一个流浪乐手阿泰。因为他要是不离开丽江，天天缠着喝酒的弟兄太多，实在也无法闭门耕耘。正应了那句名言——出来混，早晚是要还的。于是他毅然背着球球——这几乎是他唯一的情感羁绊了，为着内心中不离不弃的承诺，向苍山洱海唇齿相依地飘来。

客车原是不许人畜同行的，司机死活要他丢下球球。可怜原本暴怒慷慨的L，在那一刻竟然为了怀中的一只杂种小狗，而不得不委婉乞怜，坐在车门边耍赖求情。一车人看他们情同父子，抑或也被球球那天生忧郁的眼神打动，终于说服司机，就这样移民到了南诏古城。

四

这是公元2006年的夏天，我因毁家之变，也因厌倦了京城的碌碌生计，放弃一切，只身来到大理。正可谓人生何处不相逢，我赁居的小院就在大理城墙外的南村，而L则正好寄身在我旁边不出一里的一塔寺下的一个客栈。

他牵着球球来为我接风，开篇也就是一碗味道极好的羊肉面而已。他因是长包的农家客栈的一间房，每月四百五十元，除开床铺和书桌，基本也就家徒四壁。卖文维生，自然捉襟见肘，不可能天天上餐馆解决伙食。他只好买了个电炉，再买一些杂粮，每天闭门写作，靠熬粥勉强度日。可怜球球一个天性的肉食者，也只好和他开始奉行素食主义。

狗乃忠臣义仆，即便生计拮据，胃口枯淡，还是每天摇头摆尾地看着L写文章，渐渐也有了几分儒者气。L自己也被所谓的八宝粥喝得馋虫涌动之时，便会牵着球球晃晃悠悠上街，拿牛杂肥肉解气一场。那时的球球多会在大快朵颐之后，见到小母狗就四爪抓地，和L强项对峙。

有母狗的主人乃美妇，看见这大小俩雄性胖子在当街较劲，生怕自个儿也遭遇非礼，柳眉倒竖抱着爱犬急逃。球球的被歧视连带L的人品都受到怀疑，他老脸上不免泛出尴尬。其实，L自己都没有夜生活，多少也能感同身受地理解球球的诉求。偶尔便也松开缰绳，让球球去扬鞭江湖寻找艳遇。

但是球球每次兴尽而归，都满身煤灰，黑乎乎地像一个疲惫的矿工，L就有些起疑。一次L跟踪查访，发现原来路口有一个做煤球的人户，养着一只更加邋遢的小母狗，痴情的球球原来每天就是在这里守候厮混，彼此追逐得风尘满面的。户主也是贫寒之家，经常是锁着那个素面荆钗的；看见球球来围着不怀好意地转悠，便有些厌烦。看见L就求情——不同种，搞不得，搞不得。L又是自尊心很强的人，看见球球恨不得背一把吉他去人家窗下求爱，还被人家主人干预，便生气地骂球球——你再不济，好歹也是一个诗人的狗，你连煤厂的母狗也去搞，一点品位都“莫得”（即“没有”），你把老子的脸都丢了。

球球何尝懂得人世间的炎凉，挨骂的时候倒是知道低眉顺眼，伪装出一脸的无辜。但一旦逮着机会，仍旧会一溜烟地跑向人间去寻欢作乐。结果不幸染上了狗瘟，茶饭不思，看着就像《红楼梦》里的瑞大爷，被风月宝鉴弄得即将精断气绝。那会儿我时常看见L用一个背篓天天背着它去兽医站打针，神情焦虑，来去累得牛喘吁吁，我当时还真的难以想象一个养父的钟情，竟也会如斯揪心。

球球也算是命硬之狗，在 L 的精心侍候下，渐渐还阳。大病初愈，狗也需要进补。L 便经常牵着它，来我的小院乞食。我因租的是农家院落，有厨房庭院，自己又是个绝不茹素的饕餮之徒，伙食便接近干部水平。球球在我这里生活改善，每来必吃得脑满肠肥，但是 L 一出门，它便会忘记一饭之恩，立马追随而去。

L 也是出于爱意，便委婉对我说，怕球球出去再染上瘟疫，我的院落长期是柴门深锁，要把球球寄养在我处。他甚至还诱惑我，说只要牵着球球上街，绝对有很多美女喜欢而来逗它，你也可以顺便搭腔接个飞碗。我原本是反对养宠物的人，对狗还有些偏见，虽然不相信他编造的爱狗及乌的露水情缘，但是看在多年的情分上，便只好应允。甚至我还威胁说，要是跑丢了，我可不负责任。可是谁承想，我这个义父一当，就再也难得释手，球球竟成了我相依相随的至亲玩伴了。

五

球球是戴着项链来的。L 吃罢出门，便把它锁在我的窗下。球球初不解 L 的意图，看着不再牵它随行，急得呜呜欲哭，拖着铁链像拔河拉纤一般，想要追随而去。但真正一声门响之后，它似乎立马像被拐卖的孩子，顿时变得老实懂事起来，惶恐地打量着我，眼角开始润湿，匍匐在地上一副任人宰割的样子煞是可怜。

许多年前，我编过一部《狗的秘密生活》的书，对狗有点泛泛了解。本质上我是反对养宠物的，因为我一直主张与其爱动物，不如先爱人类。我曾经对一些朋友说，如果你未曾资助穷人，那你养宠物就应该感到可耻。基于这样的观念，最初的我，对球球的到来实在无所谓欣喜，多少还有些为L减负的意思。

球球属于那种长不大的杂种，毛发土黄，身体滚圆，体重大约十几斤。消瘦的时候呈尖脸，稍微猛吃几顿就变圆，且额头上胖出几道有趣的皱纹；再搭上那双忧郁的眼睛，就活脱一个苦闷的思想家形象了。它性格温良得几乎胆怯，很少有龇牙咧嘴的时候。由于习惯了沉默，凡事不愠不火的，倒显出几分大智若愚的神态。事实上，这个家伙也确实不傻，它老实巴交的外貌下，也暗藏着一些狡黠和滑稽。也许正是这种小奸小坏的性格，逐渐迎合了我的处世趣味，使我慢慢开始喜欢上它来。

我一直并未视其为宠物，还是当村狗在饲养。最初是锁着的，它的活动舞台也就链子长度的一平米左右。每天两餐，我吃什么它就吃什么。常常被我的麻辣风格弄得伸舌头打喷嚏，它也只能忍受。L偶尔带着一捆火腿肠来探亲，它就屁股摇得快闪腰了，抱着他的胡茬脸猛舔。看着它对 L 的亲热，我多少有些嫉妒，心想这家伙大肉吃腻了，还想喝粥吗。

我每天是要懒觉的人，大早就听见它在窗下呜呜低鸣，抓耳挠腮急火攻心的样子。我一吼它，它便改成乞怜的神态。等我牵起链子，它便往门外拖，一出大门就在野地里跷起后腿遗矢，然后双脚扒灰迅即掩盖。原来它是不肯排泄在我廊下，才这样强憋着自己的。我也不知道它从哪里获得的这种教养和习惯，为了不影响我的睡眠，我开始为它解开绳套。这样它就可以随时在花园出恭了，但它仍坚持在最角落的地方方便，不给主人添麻烦。

它平时就在院子里散步发呆打瞌睡，静如处子；但偶尔发现有松鼠或者耗子翻墙过来，它却能动如脱兔，射箭般迎击过去，并发出恐吓的号叫。一般我是不许它进屋的，到了饭点如果我还在写作，它便会从帘下探头探脑提醒它的饥饿，但脚却不敢越雷池一步。我以为它已经养成不敢进屋的习惯，有时出去忘记锁门，等我回来才发现被子上印满梅花，它似乎报复般地在我床上过瘾宣泄。我拎着拖鞋找它上课，它似乎知道犯错惹祸，远远地窥视着我的行动，不尴不尬地故作轻松。一旦我追到它，它立刻卧倒等着挨揍，既不逃跑也不嘶喊，更不会反咬一口。我的手才举到半空，它的眼睛就吓得乱眨，缩着脖子皱着眉头，一副听天由命死猪不怕开水烫的无赖相。

相处久了，感情日增，我以为它乐不思蜀了，就放松了警惕。哪知某天来客，大门刚开，它便趁机窜了出去。我追赶着叫它，它也停步看我，但我一向前冲，它就撒开丫子狂奔。我岂能跑得过它，只能看着它远去。到下午，L 抱着它回来，说它跑去客栈他的门口守候着。对于这样恋旧的家伙，我还真没法惩处了。譬之于人，这正是知道感恩和毫无势利的表现，我何能苛求于这个畜生。

六

L 就要回四川了，他想带着球球还乡去陪他的母亲，这时我才开始意识到依依难舍了。禅和子曾说：桑下不三宿。意味对一棵树也会生情，有情就难以破执，不破执岂能参透情关，顿悟成佛。对树犹需戒惕，况乎球球这样一个充满灵性的坏种。既然已经上了贼船，我还是决定把这个义父之责承担到底。L 见我如此，遂将球球留给了我。

可是球球仍当 L 只是寻常的小别，逮着空子便逃亡出去找他。那时正好我也出游，平时交给邻居的房东在代养。房东十分着急，来电道歉，我让他们去 L 住过的段家园看看。晚上房东告我，果然在那里找到了守候着的球球。等我半月后回去，球球听我足音初到门前，便在院里惊喜撒欢，急不可待，似乎已看见一架排骨朝它走来。原来邻居房东也圈养着一只狼狗，每天只喂一餐，就只给玉米面糊。球球不能特殊化，口中已然淡出鸟来，看见我回，自然有种未被遗弃而重见天日的欣喜。

球球的天性原很纯良，且十分好客。每有客来，它比我还亲热激动。扑上去摇尾乞怜，舔手示爱，屁股扭出花来。即便十分眼馋，肉食摆在院里的矮桌上，它也只是围着转悠，从来不敢贸然上桌偷食。大家扔给它骨头，小的就迅速吞下，大的则立刻含着出屋。如果有人看它，就装作若无其事地漫步，一旦发现没人，立即找个隐蔽处刨坑，把骨头埋存进去。我常常笑话它，像一个省吃俭用的富农，对未来似乎充满了忧患意识。诗人梁乐却说，只怕它以为把骨头种进地里，来年就会长出卤肉来——一只狗也在耕耘着它的日子，偷偷期盼着意外的丰年。

很长时间以来，它给我的孤独写作确实带来了乐趣。写累了，到院子里和它说说话，恶作剧地捉弄它一下；它尽管经常上当受骗，但依然每次听到召唤，还是畏怯地来到脚边，狐疑地等待我的新招。夜里，我就在廊下为它准备了一个纸盒做窝，但它更喜欢在躺椅上睡觉。半夜醒来，听见它在屋外鼾声如雷，仿佛院里住着两个醉汉，自然就少了寂寞。尽管这样的小犬，原无防卫和攻击能力，但是稍有异响，它还是会本能地勇敢扑出嗷嗷警告。在萧索村居生活里，人便多了许多安全感。

闲来无事时，我也会牵着它去古城游逛。一路走来它都要沿途撒尿，留下求爱的信息。但凡见着别家的狗，它都想上去亲热。有的大狗很凶，常常要追咬它，我也只能牵着它跑开以免受伤。看着它像一个情场上的劳模，孜孜不倦地奔波于途却求偶不成的沮丧模样，也不免联想到人世间的种种离合因缘，无端生出许多感慨。

有个女邻居苏苏抱着一只小母狗常来串门，把她那妖精穿得花枝招展，视同千金宝贝。蓬头垢面的球球，像一个波希米亚式的嬉皮去觊觎一个布尔乔亚的小姐，又不敢直接去生扑。连我都几乎想放下老脸，去帮它求苏苏把她的小母狗放到地下来，以成全它们一段交情。大家都笑话球球对情欲的执着，我只能惭愧地撇清责任说——这点，主要还是像它的养父 L。大家嘿然。痴于情，而终老于山林，球球也许和这一代人真有默契之处。

七

就在 2007 年的冬天，我和余世存在北京又聚在了一起。世存是我的老乡兼故交，也是一个非常纯良的男人。他是 80 年代末的北大中文系毕业生，本来分在国土资源部工作——对许多人来说，这恐怕正是攀附权贵的良机。但他却最后选择了辞职，去做了 90 年代影响中国甚多的《战略与管理》的主编，后来成了自由撰稿人。

我知道世存是嗜书之人，原本无意江湖纵横，我便撺掇他也去大理读书，私心也想多个可以寒夜过访的酒友。他原也去过敝院，颇多同慨，当下就决定徙居大理。很快我们就在南村，寻到了另一农家院落，相去我的寒舍，也就几百米。我们就算随时可以“隔篱呼取尽余杯”了。

最重要的是，我又为球球找来了一位绝佳的教父。这小畜生似有灵感，看见前赴后继的父亲接踵而至，心下窃喜，初见世存便屁颠屁颠地巴结不已，仿佛它从此也有了社保一样。

世存为人谦和恭谨，处世却贫贱不移威武不屈，属于那种温良之中傲骨铮铮的另类知识分子。相比起我的顽劣和粗糙，球球似乎更喜欢和他相处——他几乎从来不厉声训诫这个沉默的小友。

人与人相交，讲究的是情味相投；其实人与动物之间，也有一个气味相投的缘分问题。球球对寒舍的过客，绝大多数都一见如故，也有对一些来访者充满戒备的时候。两三岁的它，几乎像阅人无数的长亭老树，用它的鼻子即能判断人间的敌友和善恶。通常它远远地打量来人，用它那暗藏智慧的忧郁目光表示不屑于亲近的态度时，往往也能契合我内心的情感。

世存和球球相看两不厌，当下定交成了朋友。他的房东原本也给他留下了一只小狗，但他左看右看就是没有感觉，还是退给了原主，却要求和我一起分享对球球的抚养权。反正这小家伙儿又不是老婆，弟兄们要分享自然可以同乐。于是球球便得以东家吃西家住地两边享福，我们反倒像它的大房二房了。

我一般对球球实行的是圈禁政策，也就是院门长闭只许在院落里活动，而且不许进客厅卧室。要带它出去，也是要戴上项圈链条的——有点像个严父，怕孩子混社会受到伤害。有几次它暗度陈仓出去撒野，我和梁乐满村子寻找，在苍山下呼喊，但凡有母狗之家便去小心哀告；那种凄惶和担忧，确实如孩子走失的老人。

但是世存对它却一开始就采取的放养制度。他的院子略大，为了节省和吃放心菜，他们小两口竟然在那薄土上开荒种菜，真正过起耕读生活来。球球在他的院子出入自由，活得像一个散仙，就开始变得野性起来。经常一出去就是整天，也不知到哪里鬼混，到半夜才回去敲门。等轮到在我的院子小住时，它一旦偷跑了，半夜却总找回世存那里。如果那里敲不开了，才会到我的门边守候。

有一次它走了两天，我和世存都开始担忧它被拐卖，内心感到揪疼之时，它又疲惫归来了，我们都无法想象它经历了怎样的逃亡和历险。我喜欢呵斥它，而世存则习惯对它轻言细语，因此它便更愿往世存家跑，更喜欢世存这样温润如玉的慈父。我知道它的善良和弱小，也了解这个社会的险恶，因此总是担心它还没有自我保护的能力，容易在流亡的路上遭遇伤害。村民们流传乡下有专门套狗的人，即便是凶狠的狼狗，他们都能用一种秘方默默引走。像球球这样从不攻击他人且长得像一锅肥肉的家伙，岂不是人狗皆能看中的下饭菜！

果然未久，它的第一次险情便出现了。

八

春末，我把球球全托给世存，自己则去了四川灾区搞社会调查。孟夏我回大理小憩，世存吆喝着球球回来，它一见久别的我，仍旧激动非常，拥抱狂吻真正如劫后重逢的恋人。饭罢世存回去，有意让它留下陪我盘桓几天，它却自以为是地要跟着世存，像一个撵脚的孩子。我想它是对我这种飘萍无据的生活感到害怕了，才更想有一个稳定的依靠。

世存走后，它一会儿探头进来呜呜唤我，一会儿又去拍院门，看着它那丧魂落魄的样子，我虽有些失落感，但也感到些许不忍。我不能把我的爱强加给它，它在世存那里爱上了自由，连人体会到自由之后都不甘被奴役，况乎一只天性自由的畜生。于是次日大早，我便为它打开了锁链，它则立刻飞沙扬尘地逃向了苍山田野。

我只要院门开着，它也会经常回来看我，经常晃悠一圈又扬长而去。一天，世存告我，球球受伤了，走路蹒跚且再不愿出门，神情有些畏怯甚至恐惧，召唤也不爱搭理了。我急忙过去探视，发现它毛上有血痕，屁股上有伤口，右后腿在奔跑的时候要悬着了。显然它受到了侵犯，眼神中满含落寞和委屈。

我和世存都不是养宠物的贵族，也不知道如何为它疗伤复仇。它和我们一样命贱地苟活于此恶世，内心的伤痛都只能依靠自己和时间去疗治。我们唯一能做的，只是和它同甘共苦，一起寒泉配食，箪食瓢饮；也许其他的人畜皆不堪其苦，然而“回也不改其乐”。除此之外，本质上我们都活在各自的命途中，谁也不能彻底拯救谁。

球球尚未痊愈时，我又去了灾区。后来听说它伤口愈合，快乐恢复，只是不得不踮着一只脚去追寻它的爱情了。再后来到了年前，它一去不归了。世存像往日一样信任它还会倦游还家，总在寒夜倾听它可能的跫音和剥啄叩门，但是这次它真的销声匿迹了，幻影一般迷失在逃向自由的路上。

一只狗来到人间，遭遇了三个并不足以带给它娇生惯养生活的父亲，悲剧似乎就是命定的。它不能选择它的运数，就像我们无法选择自己的祖国。我们生于斯长于斯，默默地忍受着生活，平静地面对着伤害，安详地等待着结局；像球球一样，在乱离的岁月中随处颠沛，时而戴着锁链，时而自我圈禁，但时而也在品味着挣脱逃亡的自由欢愉。加缪曾经说——我是我自己的囚徒，时刻流放在自己的祖国。偶尔想起球球和这个世界的许多朋辈，仿佛正是对这个时代的某种注解。

寒冬将尽，此刻是京都初七的黎明前夕，酒阑灯灺的夜空显得更加暗黑而迷离。沉沉大野啊，一只狗，你将走向哪里？我唯在这些薄醉的余生里，和我的弟兄一起分担这种伤悼，以纪念它那些日子的守护和偎依。

童年的恐惧与仇恨

一

在我而言，企图从对家族的考察以及对个人成长经历的回顾，来反映 20 世纪后半叶人们的生存状态和心路历程，以期更全面地弥补宏观叙事的不足，使后人得以窥见大事记背后所隐含的无数微弱生灵的奇特实况。这一动机看来是愚蠢可笑的，因为历史的公正和客观，要求记录者淡忘一己的悲欢好恶而进行超越道德的批判——这，不是我所能轻易做到的。

我在 19 岁时成了一名中学教师，在一个醉酒的黄昏醺然穿过 1982 年的小城深巷，突然遭遇了我童年的仇人——他佝偻地站在路灯下潦倒而苍老。我从 5 岁开始便牢记着他的面孔，那时他把一挺插上弹仓的机枪架在我家门口，用最恶毒的语言咒骂我的父亲。我在外婆的膝间瑟瑟发抖，不知道那喇叭花一样的枪口何时会喷吐。

后来我知道了他的名字，是父亲煤矿的造反派头目。在成长的过程中，我一直为童年的恐惧而羞愧，这种羞愧渐渐被岁月熬制成一种仇恨。我难以原谅他对我善良亲人曾有过的巨大侮辱以及对我——一个孩子的伤害。

但是早在我成为一个青年以前，他就被矿山开除了，我也渐渐淡忘了对他的怀恨。而这个夜晚当他重新出现在我被酒精点燃的眼中时，我潜伏的恨意顿生。他不再是一个被生活折磨得瘦骨伶仃的衰朽老人，十五年前的邪恶画面仍历历在目。我杀机四伏地扑向他一顿暴打，他永远无法想象这场横祸究竟因何而起。

二

很长时间以来，我一直为我青春时代的狂怒心存内疚，并由此开始思考关于“文革”的问题。

我的故乡是一个四省交界的偏远小镇，即使今天依旧交通闭塞。外地人很难想象“文革”之火，竟然也会燃烧到这样的角落。

1966 年的夏天我只是一个初有记忆的孩子，但恐怖的画面却会让人终生刻骨。那年持久的旱季使河水蒸发出一种死鱼的腥秽，瘴气盈满小街。突然某个午后，河面上浮起密密麻麻的水蛇，摇动着黑压压的扁头，河水顿时浑浊如汤。全镇人目瞪口呆地面对如此奇观，仿佛大祸将至，遂倾巢而出手持竹竿朝水面乱打，无数死蛇被挑上河岸。人蛇大战一直持续到黄昏，一场暴雨才终于结束这次血腥屠杀。

小镇的“文革”之火事实上是由早先考到省城读大学的几个学生回乡点燃的。此前人们只知道山外又在开始一场运动，其具体形式和对象皆不明了。若干年来的运动都是对草民的加害和作弄，因此村民对这所谓史无前例的新的革命皆无兴趣。

这几个大学生是小镇的凤毛麟角，他们在都市学习和洗脑，必然要成为时代精神的先锋和代表。他们秉承一个伟大意志，仿佛怀揣真理，以一种神圣的使命姿态回来，要把小镇拖入历史轨道，并与时代保持同一节奏。他们有知识，比镇长更能诠释“封资修”的含义。没有谁敢于阻挡他们率领一群学弟学妹去焚烧图书室，去砸碎寺庙和老屋的石雕木刻。尤其当人们看见他们可以把土皇帝一般的领导押出来批斗，竟然无人干预时，被压制多年的人民终于找到了泄洪的缺口。

三

我的父亲当时是一个小煤矿的矿长，他是一个严肃认真的管理者，除了脾气急躁偶尔骂人外，基本可谓是好人。那个夏天，我突然发现他头戴一顶纸糊高帽，十分滑稽地走在街上，而他的身后则跟着一大队扛着刀枪的工人。我兴冲冲地跑回家要拉外婆去看父亲的化装游行，却看见母亲的泪眼——从此，我们被带进了一个惊恐而压抑的年代。

街上新修了灯塔园，那是模仿延安宝塔的建筑，是那个时代普遍流行的批斗台，家父成了那石阶上的常客。他在烈日下项挂沉重木牌，弯腰 90 度汗如雨下的痛苦造型，成为当时小镇的一道“风景”。母亲实在不忍，用玻璃瓶装上凉茶让我和姐姐送去，我从大人的脚缝中钻进去叫父亲喝水，却被扭着他手臂的人抢去喝光然后将瓶子砸碎。

那个时代，每个基层单位都有武装部，装备了各种“二战”时期的武器。被煽动起来的群众开始有恃无恐地抢劫这些枪弹武装自己，他们似乎突然回到了大革命的农民运动时期，一切无政府主义的行为皆成为时尚。

我看见邻居泥瓦匠在每天擦他的手枪，铁匠天天在打造梭镖大刀，平时老实巴交的镇民忽然都变成了戏剧人物，各自扎着皮带戴着袖标斜挎着盒子炮在大街上巡回，仿佛暴动或起义在即，生活一下子被拉进了战争岁月。母亲是供销社的会计，一个“右派”却要负责财务报销审核，当时那些造反了的同事来报账，都是先把手枪往桌子上一拍，我们每天都在战战兢兢中进入黑夜。

但并不是每个夜晚皆能安睡，常常最高最新指示又从北京传来，全镇要举行火炬游行欢庆，家家得自备竹筒煤油火把。又或者警报尖叫，说是苏联的坦克已开到邻县，全体镇民要钻山洞备战。再不然便是抄家的队伍来突击检查，看谁家在收听敌台。

在一个孩子的眼中，仿佛所有的大人皆在彩排一幕惊恐剧，但那时的父母却是实实在在地感到惊恐，害怕我们遭遇流弹。

我亲眼看到过两次武斗。一次是传说四川万县的“黑色派”要来血洗利川，镇上的武装民众在 318 国道上架设铁丝网和机枪，并埋下地雷。我至今都无法想象他们是从哪里弄来的那些电影里的利器，他们真诚地要为遥远的领袖向他的另一批信徒大开杀戒。还有一次是一群饥饿的知青来洗劫了镇上唯一一家饭馆的馒头，全镇老少大打了一场巷战，像追杀日本鬼子一样将这几十个年轻的男人全部打瘫在街上。

我的童年就在这样的恐惧中度过，还有许多惨剧无法在此一一叙述。这只是中国最偏远的外省边镇的“文革”闹剧，而且此镇历来都是民风淳朴与世无争，却在一个非常年代同样演变成为一个血腥的杀场。

四

所有的罪恶都应该有个起点，那小镇的恶魔又是谁给放出来的呢？是那些大学生吗？

迄今，我仍不能相信他们的初衷会有什么卑鄙的目的。在我 1978 年上大学开始与许多老红卫兵成为朋友之后，逐渐加深了对那一代人的理解。他们最初是深怀某种高尚纯正的使命感的，“以天下为己任”“改造世界”这样一种教育模式，把每个青年学子都鼓动成政治家一样目空一切。他们并不单纯，至少不是我们今天想象的那么幼稚。只要仔细研究整个“文革”期间由这些青年所导演的无数派性谋略和战争，就可以相信他们远比今天的学生聪明而复杂，更富有实践操作能力。然而，他们的成熟往往表现在具体斗争的算计上，他们缺乏对那个伟大意志的准确把握，没有吃透这场统治者要造自己的反——这种确实史无前例的运动的实质。同一个天音，却被他们转化为完全敌对和矛盾的两种行动，这种热情盲动的本质是缺乏世故的轻身躁进。

几个大学生在点燃小镇的“文革”之火后又回到了他们的大学，但火势却不会就此堙灭。从“封资修”到“当权派”，再蔓延燃向知识分子，他们被发配到农场接受劳动改造，最后又被分回他们故乡的母校，开始漫长的被阉割的生活。这个小镇已经起来革命的群众，早已忘记了他们曾经是革命的发起人和引导者，于是他们也很自然地成了革命的目标。当他们意识到这场运动被导向一个有违初衷的悲剧性深渊时，已无能力去扭转，甚至连自救尚不及。

在距最初的火光之后的二十年，我与其中的一个大学生——古老师成了朋友。他已调到县城一中，是本地最优秀的英语教师，他的许多弟子都相继考学出山，成为小城新一代风流人物。而他已默默无闻满头秋霜了，当年的壮怀激烈早已沉淀为现在的波澜不惊宠辱俱忘。在一次酒后，我向他提及我4岁时所围观的那场焚书之火，以及我幼年对他的景仰，还有我的恐惧和仇恨，他付诸一笑说——早就有人告诉我们：玩火者必自焚。

但是，在那场运动中真正被彻底玩弄的究竟是哪些人呢？

我们可以承认，知识分子确实在“反右”时被玩弄了，但在“文革”中，我认为真正被玩弄和伤害的却是那些普通草民。他们稀里糊涂地被青年学生带进一条报复社会的道路，文攻武卫，挑战秩序和权力，最后，又被戴上暴徒的荆冠，弃置于万恶深渊，一直不被主流话语所真正认识和怜惜。

五

现在我要回到开篇时我所暴打的那个仇人身上。

因为酒醒后的内疚，我决定暗访一下他的生活。他真名叫周某某，“文革”时原是煤矿的一个普通合同工人，出身贫苦，没有文化。那时的工人阶级虽然号称是领导阶级，实际上该下地狱的还是要下地狱——幽深黑暗的矿井在今天仍然是吞噬生命的血口，况乎当年？

他有沉重的家庭负担，有嗷嗷待哺的孩子，有日复一日的井下辛劳，却没有足够养家的工资和安全感。这个社会从未给过他真正的温暖和平等，更莫想奢谈什么公正，他当然有怨恨。他的许多同事可能都勉强忍耐，他却比别人多了那么一点血性和要求，而这，正成了他日后的祸根。

“文革”，对许多积怨已久的底层人来说，都是一个风云际会的大好时刻。周的造反就应运而生——上合天意，下符己愿。而他针对我父亲的迫害和泄愤，也就自然而然。

他的问题在于他和那时的多数读书人一样，都并不清楚谁是真正的敌人。人性中的恶一旦被调动出来的话，那就会像纳粹一样，施暴于无辜的百姓。他会用电线搓成皮鞭随时打“走资派”，会想出许多残酷的方式折磨他的假想敌，会去勇敢地抢劫武器来组织武斗，使其他苦大仇深的阶级兄弟倒于血泊——这几乎是“文革”时多数风流人物的普遍悲剧——在运动的后期，他们被抓捕，被清除，被历史所彻底抛弃。周也难逃覆辙，失去工作的机会，靠拖板车拉石头养家糊口。一次下坡刹不住车，他被自己的重车轧断了一条腿，成了残废。

他有三个女儿，大的俩儿都嫁在农村，自顾不暇，只有三妹失学在家陪着他，老伴也早已不在。就是这个三妹，在 80 年代成了山城的名人——为了生活，她只能做暗娼养家，于是不断被抓，后来去特区当了新中国第一代“妈咪”。

“文革”结束许多年了，而对他，对于他的家来说，灾难还在无限延长，还要继续承担这个“玩笑”的巨大后果。

六

我唯一保留的一张老照片，是我和大姐在 1970 年的合影，那是在四川万县的一家红旗照相馆，我 8 岁，大姐 15 岁。

15 岁的大姐初中毕业修了一年水库，母亲还是决定把她送回原籍江汉平原下乡，因为家庭成分不好，成绩优异的她依旧不能获准上高中。父亲被打倒了，母亲是“右派”，在当地下乡则永无招工的可能。父亲第一次带我出远门——送大姐到万县码头。那时山里小镇没有照相馆，父亲似乎也不知道这对儿女何时再见，便破例带我们去照了这张相，相片上加了一句手书——我们姐弟永远忠于毛主席。

许多时候，我翻出这张相片都会发笑——那种傻样，那种庄严，那种毫无来由的愚忠都让我忍俊不禁。但当我读出父亲当年的苦衷时，一种惊悚油然而生——这是一种根深蒂固的恐惧啊。愚民政策在“文革”时达到顶峰。现在西方人研究“文革”，很难理解当初的许多细节——何以一个民族会整体可笑至此?

今年夏天，我再次回到了我的故乡小镇。青石街换成了柏油路，老人多已作古，恩仇不复存在，连当日河山也难相认了。我忽然从一处断墙上看见几道斑驳字迹——将无产阶级文化大革命进行到底，我竟然再次惶惑不安。我仿佛又回到了童年时代，仿佛又听见半夜的警报突然拉响，我弱小的身体在暗夜战栗，眼中又放射出恨的光芒。

残忍教育

一

残忍，对人而言，究竟是作为动物的天性，还是家族血统的遗传？是某个特殊社会的迫使，抑或是个人教育的缺欠？我们是不是可以套用托翁的一句名言——所有的善良都基本相似，而残忍却各自不同。

许多年前，我还在禁中时，母亲来信说——我的女儿（当时不到六岁，也不识生父）性格变得有点乖戾。比如，她会用一壶开水慢慢倒进小鱼缸，看那些鱼绝望挣扎又无路可逃，最后被烫死。母亲对此充满忧虑，老人在这一纯粹的孩提游戏事件里，看见了残忍。这使我忽然惊悚，我隐约意识到，几乎人类所有的残忍都具有一种游戏的表象，而多数的游戏中，都埋藏着一种残忍的本质。

当然，我不能不原谅我的女儿。一方面可以推诿她的幼小和父位缺失，尚未获得文明社会某些宗教式的护生教育，她只是在重复早期人类的原始野蛮。另一方面，我想起了我在那个边区小镇所度过的粗野童年，想起了我在这个国家所经受的全部残忍教育。当成人犹在主持或者默许各种变态的残忍游戏时，我实在羞于去谴责一个孩子。

我从四岁开始进入那个著名的十年，于是我天生就是个野孩子——没有幼儿院的正规学前教育，自然也缺乏什么益智的娱乐。乡村大孩子带我学会的第一种游戏，就是去田野抓癞蛤蟆，然后用泥巴糊一个小窑，里面铺一层生石灰，将癞蛤蟆关进去用稀泥封闭，上留小孔再注入冷水。生石灰遇水变化，产生极高的温度，蒸汽袅袅中，一阵阵“呱呱”的受刑惨号由强变弱。汽散声绝，扒开泥窑，但见癞蛤蟆的丑恶皮肤完全剥离，露出初生婴儿般的晶莹胴体，在死亡中显出一种纯净的美丽。

如此残忍的游戏，最初又是谁发明的呢？游戏源于模仿，孩子们到底在模仿什么？

二

若干年来，我几乎不断重复的一个梦境就是，我站在深秋的蓝天下，赤身裸体，抢着收集阳光过冬——那时的冬天太冷了。我看见残阳越过高墙，把我的影子夸张地贴在对面墙上，而电网的投影恰好横过我的颈项，使我的头颅在墙上的画面，像悬挂在枯藤中的一只摇摇欲坠的野果。

我在那一刻开始知道，残酷的现实往往需要残忍的心灵去适应。这一曾经真实的场景，因其起点令人不寒而栗，在往后的平淡生活中，被复制成了经久轮回的梦影。我在对往事的转顾中，力图去找到我对残忍竟能熟视无睹的源头——我们从何时开始，把恶行和暴力视为情有可原且法无可恋的正常生活？

六岁，对，六岁时我是一年级的学生。1968 年的初秋，放学集合，一个血气方刚的教师拆散大扫帚，给每个孩子发一根竹条，然后排队，去打强盗。当小街上走来我们这支武装童子军时，围着那个小偷的镇民们开始喝彩欢笑。小偷被罚站在一个水泥圆管上，衣衫褴褛，裤脚挽在膝盖上，似乎刚刚下田归来，脚下是一双草鞋。我深刻记得这些细节，是因为我们的高度只能够到他的踝骨。大人们不断吆喝“打，打”，于是小镇的狂欢节开始上演。

村里的孩子从六岁到十六岁不等，倚仗大人的鼓励第一次可以打大人，无不心花怒放。那个中年小偷被无数竹枝抽得像陀螺一般跳动，在水泥管上来回穿梭，仿佛一场没有尽头的舞蹈。事实上他无处可逃，所到之处带动的只是更密集的鞭笞和喧嚣。我清晰地记得他的小腿——那粗糙的还带着泥巴的皮肤，慢慢由红变紫，渐渐肿大发白，一如半透明的萝卜。他不停地哀号，绝望地手舞足蹈，汗如雨下，双眼现出死亡的寒光。我挥了几下便因恐惧而悄然住手，而成人和孩子还沉浸在自己编织的绝妙游戏中。最后，我看见他喉咙嘶哑只剩鱼唇般的无声张合，身体摇晃如失去平衡的风筝，在极限的一击下砰然栽倒……

在围殴时我们已经从大人的咒骂中知道，他是乡下来赶集的一个农民，在试图偷裁缝铺的三尺布时被抓的。在我成长的岁月里，我一直为此深深内疚。我总在想，他和我一样要面对人生的冬天，他的孩子还衣不蔽体，他实在没钱去给那个和我一样大的儿女增添一缕温暖，这时，他看见了那要命的三尺布。我每每想起这一画面时，内心的痛楚就在深化。走笔至此，我忽然泪流满面，我依稀可以确认，这，正是残忍教育的起点。

三

残忍，许多时候是难以分清其善恶性质的。我们在一个充满蚊虫的房间，紧闭门窗，点燃毒气，彻底消灭害虫，没有人会质疑这样的行为。那么老鼠呢？它传播疾病，盗窃粮食，当然也应该灭绝。至于灭绝的手段，一般不会被追究。

我十岁左右时被母亲送到了煤矿，那时父亲正经受被打倒后的各种体罚。他的同僚不堪忍受而自杀，母亲担心他的绝望而将我送去作陪，于是我开始生活在真正的工人阶级之间。那时的煤矿老鼠很多，每天经历死亡的井下工人没有娱乐，灭鼠就成了他们的闲情逸致。

他们用各种智慧的方式活捉老鼠，然后将生黄豆塞进其直肠，再将其肛门缝住。黄豆在体内发胀，痛不欲生的耗子在放生后开始疯狂乱窜，闯进它们熟悉的家撕咬同类，一场大规模的自相残杀壮观而刺激，比任何毒药更惨绝鼠寰。或者将鼠尾捆上浸透汽油的棉花，点燃后放手，再欣然观看那团狂奔的火球。我每每为此触目惊心的场景油然而生一种彻骨的恐惧，因为厌恶和仇恨，他们如此折磨鼠类，是代表人类的正义吗？

那么人类自身的相互残杀呢？纳粹对于犹太人的厌恶以及导演的屠杀，与此无异，自不用举例。我们曾经对所谓剥削阶级的仇恨，似乎也不亚于此。我的故乡有个大地主叫李盖武，在土改时被愤怒的农民装在笼中，架在火上烤死。我们可曾分担那种灼痛？那是怎样一种漫长煎熬的死亡啊。如果再看看我们的刑罚史，了解凌迟和幽闭等的含义，我怎能相信族类的理性？

四

我们从小所受到的教育就是——对敌人的温情就是对人民的残忍，这种政治伦理观一直主导着我们的社会生活。被奉为金科玉律的英雄格言要求我们——对同志要像春天般温暖，对敌人则要像秋风扫落叶一样无情。我们知道，情，是构成人性的基本元素之一，佛陀谓之有情众生。无情，则意味着我们只需要服从政治立场，摒除人之为人的底线思考和本能恻隐，对一切异己者可以采用无所不用其极的惩处方式。

当自然界的益虫和害虫我们都难以真正分清时，我们又如何能正确区别同为人类的敌我呢？于是，最终的抉择和解释都只能归属于强权。最高当局宣称麻雀是害虫时，这些无辜的生灵就要被全体人民所驱逐。小鸟的天空骤然缩小，横遭屠杀，成群地累死于逃亡之路。鸟犹如此，人何以堪？平心回顾一下整个 20 世纪，所有曾经被我们命名为敌人和害虫的，其中究竟有多少是十恶不赦的坏蛋？这些可怜的师尊、战友、亲人或邻居，随高深难问的天心喜怒而朝生夕死，有谁不曾体会过人世的残忍。

1976 年我是小城初中的学生。那一年这个国家充满了各种内涵的哭与笑，史学家后来视此为一个可以断代的年份。那个冬天，我们被组织起来去参加一个公审公判大会——要枪毙一个叫杨文生的反革命。在那些含糊不清的判词中，我们隐约听出，这个不杀不足以平民愤的人，其罪行原来是在上面抓了那四个人后，他依据传统演义小说的推理和经验，坚持认为这是一次宫廷政变。他不断到处演讲和张贴大字报，反对华国锋的中央，号召人们要继续捍卫毛，坚决反对“走资派”的复辟。在此之前，他还是小城著名的“造反派”，当然，也肯定迫害过一些基层干部。

那时的死囚还基本保留古代的形式，人被五花大绑，读完判词即被插上写有罪名的尖锐木标。我看见那削尖的木片从他后领中猛插进去时，他龇牙咧嘴显得很痛苦，但喊不出声音来。我们一些胆大的孩子骑着自行车狂追囚车，就在城郊的田野上，他被掀了下来，踢跪在冻土上。行刑者熟练地在一米之内对其后背开枪，他猛然扑倒，蜷曲的身体挣扎了几下，便永远地安静了，枪声似乎还在山谷里泛出回响。无数男女老少都在围观，杀人实在是像这个无聊社会的一场喜宴，死者的血正好成为大众调味的盐。有个成人去把尸体翻过来，并解开了他的衣服，我们惊奇地看见了左胸上的弹孔还在汩汩淌血，最后的余热袅袅飘散在寒冷的大地上。

一个生命就这样打发了。在此之前，北方还有个叫张志新的女人，死得更惨。这两个人的罪名完全一样，但罪行的内容恰好又完全相反。我们可以称张是死于她的智慧和清醒，但杨却更像是因其愚蠢和迂执而死。问题是他们都是那个时代敢于坚持自己思想和表达的人——不管后世如何评价其思想的正误。他们除了思考和表达之外，并未去组织造反杀人放火。是的，他们是以言获罪的人。在那个年代，为了言论自由这点写进宪法的可怜的公民权利，张成了悲剧英雄，杨则永远还是小丑。

五

人在这个世界偶然地经过，因为五官六欲所能感受的短暂快乐，多数时候难免贪生。为了自己的生存而要去与别的物种争夺生命的机会和空间，这种恶基于本能，我们常常无法去苛责——毕竟舍身饲虎那种宗教精神是圣徒英雄的情怀。但如果轮到人与人、族与族、国与国之间的生存竞争时，必然要遭逢彼此的算计、厮杀和战争，那么此中的人性底线是什么？在个人主义、民族主义和爱国主义这些冠冕堂皇的大旗下，我们是否可以不择手段地放纵暴力而无须去顾虑末日审判？

我拿这样的问题来衡诸个人经历、亲友往事和所谓的民族史诗时，常常深陷困惑，不知其中伦理标高应该设在哪个刻度。草民拜天地，是要学会敬畏。君子远庖厨，是要心怀不忍。敬畏是要有所怕，不忍乃为培养爱。如果凡人皆知怕和爱，也许无须宗教，我们也可能超凡入圣了。问题是身处一个无神论国度，当科学原教旨主义被宣扬成某种普世价值时，当革命造反起义暴动的洪秀全李自成都被塑造为英雄传奇后，我们到底还怕什么？一切世间法何能扼制本来潜在又被反复提倡的恶性？

1949年，身为小地主之子的家父，为了乱世逃生而投身于新政。他的家庭在土改中惨遭灭顶之灾，他却成了另一个县的剿匪英雄。父亲回避往事就像一个暮年潦倒的老叟，害怕邂逅青春钟情的恋人，但他的故事仍被我从一些幸存者的回忆中打捞出来。在那个嗜血的年代，他的出身要求他必须更加残酷，这样才不被怀疑其忠诚。我相信在他设计诱杀那些山野悍民，经手签令处决和他父亲一样勤劳致富的地主时，绝非出于他本意的选择。他并不愚蠢，他不会相信他那一刻的残忍是代表正义，但他清醒地知道，哪怕偶尔流露一点温情，都一定会成为别人对他残忍的充足借口。就像那些加入黑帮的小弟，要先去杀人表示坚定和忠诚一样——他别无选择。

他领导的剿匪队在平定了“文沙长暴动”后，某日活捉了十几个俘虏。县里命令押解进城，他只带了两个部属。匪徒被捆绑串联在一起行动，磨蹭到夜晚，走进了荒无人烟的险境，极有可能被匪帮劫道。他的部下之一建议杀俘，向上级报告说匪俘逃跑被他们处决。他是头儿，他得承担责任，但为了自己人的安全，他只好默许——部属先去解开绳索，要匪俘各凭天命逃生，他们三人在月光下点杀那些四散而逃的生命，能侥幸逃出他们神枪的大抵所剩无几。

这就是革命需要的残忍——革命早就被一串排比句诠释过其准确含义——“暴烈的行动”。早在我们孩童时代，这段触目惊心的语录就被谱成了流行歌曲，整个国家都响彻着它恐怖的回声。在野蛮的旋律中，孩子们挥动皮带抽打出身不好的同学，逼迫老师吃屎，打家劫舍，虐杀着无数无辜的人。我这一代，估计很少有晕血的人，因为在我们的少年阶段，眼中早就充斥着淋漓的鲜血，对许多人生惨酷，早已见惯不惊。

六

我常常想不清楚残忍究竟是基于愚昧还是源于仇恨——此中暂且排除被迫的残忍行为。除开这两种之外，还有没有其他的产生原因呢？读了母亲的信后，我想起了我女儿在更小年龄阶段时的故事——那时我曾短暂地与之相处过一些片段时间。

大约在她一岁多时，还是一个与不熟悉的人难以和平共处的孩子。我这个过客似的父亲面对她的哭闹完全无计可施时，只好抱她到鱼缸前。果然，她很快就被那些妖冶扭摆着的鱼所吸引而停止了哭声。她先是睁大泪眼随着无声舞蹈的鱼转动瞳仁，当鱼们累了小憩不动时，她开始伸出小手拍打鱼缸兴风作浪，鱼们受惊又重新四处奔逃撞壁，一会儿才复归宁静。女儿又去拍，鱼再度狂奔，女儿终于破涕为笑，她可能意识到她竟能捉弄这些貌似天仙的小精灵而为此得意快乐。

当这种游戏反复多次失去新奇时，她开始表示进一步的要求，指挥我把她抱到更近的位置，她竟然伸手到鱼缸去直接捕捉那些穷途末路的鱼。她似乎充分相信这些弱小的动物不会使之受伤，她有些肆无忌惮。假设是蝎子蜈蚣呢——是什么经验使得一个孩子本能地区别这种捉弄的安全和危险呢？人的天赋中是否具备从形体的美丑来鉴别安危和喜恶的能力？鱼的反抗挣扎是徒劳的，她如愿逮到了一条小鱼，鱼惊恐的扭动又使她略感害怕地把鱼扔到了地上，鱼像一个机器玩具般蹦跶了几下就躺着不动了，她开始咯咯大笑。

从这一连串的动作中，我看出女儿如我一样是喜欢鱼的——一种毫无根由的喜爱。但这种爱的体现方式则是折磨对方——一种小小的残忍的开始。我们在成年人的恋情里，司空见惯了这样一类因爱而起的折磨，以及发展到极致后的残忍。正如米兰·昆德拉小说中所说——他们相爱，但他们彼此置对方于地狱。这种因喜欢或者爱而诞生的残忍确实难以思议，然而却遍布于我们生活周围，我姑且称之为“抒情式的残忍”。

七

“整风”这个词语的诞生和在实际社会生活中的消亡，大约也只有半个世纪的历史。但是，这个看上去似乎并不严酷的词语，确曾经久地肆虐过我们民族的心灵，以至于在今天还能依稀窥见那些残留的阴影。

我们这一代人几乎是从小学开始，就被这个词语恐吓和绑架了。那时我还并不清楚它的来历，不知道它产自延安，曾经令我们的老一辈革命者闻之色变甚至肝脑涂地。但当它又频繁地侵入我们的童年领空时，我至今想起依然心有余悸。

我不清楚这个国家的教育设计者，为何要把这种成年人的政党斗争残忍方式，引入到少不更事的孩子中去。我只知道童年的我，每个学期必将要提心吊胆面对的一次运动就是整风。而所谓对学生的整风，不过就是采取同样威吓利诱的手段，让一群天性纯良的儿童，学会怎样背靠背互相揭发。虽然今天看来那些检举的内容都十分荒唐可笑，但在我们幼小的心灵中，却播下了人性恶的种子。当你看见一个你曾经信任的孩子，突然翻脸站出来大义灭亲似的举报你们一起做过的顽皮之事时，你无法不觉得世事和人心的险恶。随背叛和揭发一起接踵而至的还有批判和哄笑，每一个孩子都要在这样的互相撕咬和报复之中颜面丢尽，人的最初的尊严和诚信轰然崩溃，代之以成人般的狡诈和以邻为壑。

我迄今依旧记得我初中的一位女同学，美丽温婉，有着一根粗黑的麻花辫。也许仅仅因为父母来自省城，而比我们在心灵和情感上早熟了几天。在一次整风运动中，她被闺中密友——我们另一个女同学告发，说她亲口说过她喜欢看某个男生的水汪汪的眼睛，还时常梦见那个男生。

那个女生大义凛然的检举，换来了我们所有同学的哄堂大笑。我看见这位清纯的女同学在瞬间的惊愕之后，突然恍若雷击般面色苍白，又瞬间血脉贲张面红耳赤，埋首于桌子号啕大哭起来。她的哭声仿佛一个被捉奸的嫠妇般苍凉绝望，令也在开始懵懂暗恋的我辈少年寒彻骨肉。一个十三岁的少女就这样在心灵上刻下了耻辱的红字，她再也无法在这个学校生存下去，她的家人只好让她退学，寄养到武汉的亲戚家去，以后早早地结婚，成了一个卖早点的主妇。美丽红颜和单纯青春皆过早褪去，谁敢再寄望于童真的友谊？

背叛、告发、出卖甚至故意互设陷阱，这是我从童年开始就要防不胜防的世道。是怎样的祖国才要她的孩子，在本该稚嫩的年代，便要学习如此残忍的生存。我在今日之社会犹能时时处处感到的不安和危机，其实多数都是早在孩提时就被教育形成的阴谋和险恶。

八

我的记忆在穿越1976年之前的时光隧道时，总是弥漫着挥之不去的血腥。

记得八岁左右的我，在经过汪营区公所的黄昏庭院时，突然看见几个镇民将一个农民反剪双手，背吊在一棵梨树上。那时梨花初放，空气香软，而这个农民的惨叫却响彻云霄。捆绑他的绳索越过树枝牵扯在另一个男人的手上，那些人每吼一声“你还不说”，就把绳子拉一次，农民的脚离地便高一分，反吊的手臂的撕裂之痛便要加剧一分。

那个农民完全悬挂在花丛之中，他汗如雨下，面色惨白如梨花，他痛苦挣扎的颤抖哀求摇落了一地芳馨……我怔怔地呆望着这一画面，至今也无法理喻那需要怎样残忍的力量，才能够将一个素昧平生的人，反绑着拉向高空。

当我成为一个警察之后，一个老警察津津乐道地告诫我——这样的反绑悬吊审讯，一般不能超过半个小时，否则嫌犯的手臂就会终身残废。我面对他善意的预告毛骨悚然，我再次想起我童年的记忆，想起若干年来人类总结得来的这些经验，内心暗自寒战不已。

但是这样的刑讯真的结束了吗？1988年在特区的某个派

出所，我再次因为协助办案而不得不面对又一类似场景。那个很有经验的所长，用一副生铁打就的“土铐”，将一个嫌犯以“苏秦背剑”的方式挂了起来——一只手从肩向下，另一只自腰背向上，强行串联在一起。嫌犯被罚跪在地上，所长让我监视。初入道的我难以干预，只能眼看着那个嫌犯即将晕厥，再去喊所长来松铐，然后再将他双手换一个方位继续挂上。

我并非一个天性残忍的人，何以也能面对这样的事件，虽然心有恻隐，但却熟视无睹呢？在以后我也沦为囚徒之时，我常常对此反省，我发现了我们打小所接受的残酷训练，已经将心灵磨出了一层老茧。这种无情的厚茧，正在逐日蒙蔽我们的天良，使我们对人类的痛楚渐趋麻木。

另一方面，我们内心的怯懦大于残存的悲悯。一件衣服约定俗成地遮蔽了我的良知，它短暂地使我认同了它的法力。于是，当某天另一个穿着同样制服的曾经的同行，将电警棍击向我的脑门时，我自然无话可说——我和他同样没有私仇，只是类似的教育驱使他以我为寇仇。

那个隐身在无数残忍背后的教主又是谁呢？是纪传体史书中那些代代相传的酷吏吗？还是我们民族文化传统之中天生包含这样一种残忍的毒素？

九

我们这一代人所接受的启蒙教育，基本是从恨开始的。师长们给我们描述了一个“万恶”的旧社会，让大家天天悲愤地控诉着歌唱——旧社会，鞭子抽我身，母亲只能泪淋淋。然后现在我们要夺过鞭子抽敌人，于是少年的暴烈和残忍就这样被引燃，最后必将蔓延到整个社会，以至于污染世道人心直至今天。

今天，当我还能在网上大量地看见那些仇日和攻台的愤青，天天嚷着要奸杀和核武摧毁他们心中的所谓敌人和汉奸时，我的内心充满悲凉。这些孩子早已不知道“文革”，他们似乎并未受过我们当初那种野蛮教育，可是他们这样的残忍心态，又是从何而来的呢？

很显然，某种残忍教育的体系，还一直在我们这个社会暗中流传。酷吏和暴民愈演愈烈，人性在根上衍生出恶的花朵。人与人之间学会恨和残忍是如此容易，而传播爱竟然是这样艰难。每每想到这样一些恐怖的前景之时，我就感到此夜的宁静竟是危如累卵；在我所看不透的夜幕之下，这整个都市的片刻贪欢，竟是那样令我不寒而栗。

湖山一梦系平生

一

1978 年我在鄂西利川一中应届毕业。半年前，这个国家刚刚恢复高考，每天仿佛都在发生大事。而在此之前，我还在考虑到何处下乡——而且开始情窦初开的悲惨早恋。那时的人似乎都很单纯，首先是女同学把我的情书上交给了学校，然后是天天写检讨到校办罚站，之后是父母责骂殴打，最后是我自杀未遂。

醒来后为了表示我仍是个不甘堕落的青年，更为了心中那点自尊和硬气，我确实咬破手指写了个血书。一行字——不考上武大此生誓不为人。

那年，我 16 岁。

结果通知书下来，全校文科只考取了我一个。但悲哀的是，仅被录取到了华师恩施分院（改了四次名后，现在叫湖北民族学院）。于是，我拒绝去。家父怕我次年连这个也考不上，派人把我押解去了。因为与梦中的大学失之交臂，我很早就变得颓废而堕落。

三年的诗酒孟浪很快结束，毕业分回利川教育局。在山中小城打架结社，经常醉卧街头被清晨扫街的人喊醒。20 岁左右的我，几乎很清醒地看见了我可悲的结局——从科员到副股长到股长到副科长到科长。最后的悼词是——该同志把一生献给了山中教育事业，享受副县级待遇埋进关山陵园。

那时，谁要提起“武大”二字，我就会生出觍脸赖活的羞愧。

二

应该说我的武大梦始于少年。那时虽然流行读书无用论，全国都在学张铁生和黄帅，但知书识礼的外婆却一直在对我进行理想教育。她来自江汉平原，也算书香门第，在那个知识有罪的年代，她似乎早已窥见了这个国家的未来。她所了解的只有武大，于是我也相信那就是唯一高贵的学府。更重要的是她的一个侄儿，我们唤作大伯的那个传说中的奇人，就在那里任教。准确地说正是这位大伯，更加激起了我对这所遥远大学的向往。

从 1979 年起，我即开始了与独身的大伯的频繁通信。他结束“右派”生涯后调到武大主编《美国当代哲学研究》，不断地从武大图书馆给我借寄各种那时山里没有的书。我工作后假期常去陪他。他是 40 年代初的武大地下党学生，苏雪林的弟子，谈起母校来自然如数家珍。那时，武大刚好进入辉煌的刘道玉时代，大伯不断给我讲学校的各种变化，鼓励我来考研。我知道我外语不行，大概是没有机会来传承大伯的衣钵了。

那时，祖慰写了个报告文学叫《快乐学院》，记录的正是刘校长和一群优秀学生的故事，确实读得我心潮澎湃充满艳羡。那时真未想到几年后，我与这些神话般的人物，会有缘成为一生的知交，仿佛老天要帮我了此夙愿。1985 年大伯紧急来信，告诉我刘校长决定开招插班生，让我火速备考。浑浑噩噩的我，终于看见命运的转机在向我招手了。

考试分为文化课和社会业绩。文化课我自然不怕，但业绩是看已经发表的作品。我是所谓“地下写作”的出身，变成铅字的有限，兼之只写诗，多半比不赢那些写小说的。幸好中文系主任白嶷岐先生和教务处领导於可训先生青眼相加，为我说项。1986 年，我终于成为中文系七个插班生之一，走进了珞珈梦乡。

三

所谓插班生，即按专科生身份直接插进三年级，读两年，修满 125 个学分，拿武大本科学位。真正吸引人的是，一切享受同等待遇，档案调进学校，毕业重新分配——在那个年代，这就意味着是对人生洗牌再开新局的机会。否则，在人事和户籍制度奇严的当日，走出深山，还真只是一个遥远的梦。

插进三年级是指听课，在管理上则七个人单独编班，由丁忱先生做导师。丁先生是黄焯先生的关门博士弟子，章黄学派第四代传人，专治音韵训诂。我入学前在此方面有点基础，参与点校《黄焯文集》还能略尽微薄，所以先生对我向来宽容。应该说，当时刘校长所形成的校风，即是自由和宽容。

80 年代的武大，确显生机勃勃。各种讲座，各种学生社团活动，一大批活跃的中青年教师，吸引着莘莘学子的眼球。今日已成名家博导的易中天、於可训、赵林、邓晓芒等，当时还都是讲师。由于我们可以跨年级跨专业选修，凡是好听的课，我们皆趋之若鹜。老师对我们这些已婚学生，多少有点法外开恩另眼相看——行动更显自由一些。那时的师生关系也比较好玩，似乎犹存民国大学的流风遗韵。比如赵林先生下午讲社会心理学，中午就跑到我寝室来，开个午餐肉，我们就对酌几两，然后再飘然去上课。樱花时节，导师会带我们六男一女去游湖，然后诗词唱和。有次我和丁先生的春游诗同时发表在晚报上，先生看见后，专门跑来对我说——还是你写得更有诗味。

入学未久，我就受一家杂志委托，随队采访长江漂流。一走个把月，镇日漂在江上，系里却毫不为难。我选修了沈祥林先生的古代文体学，只交作业，未去上一回课，同学告诉我，每次沈先生都会问——那个野夫来没？我有些惶恐，结业考试是各交一篇文言文或诗词，我决定去面交并请罪，结果先生却说——我只是想看看你，你是我执教二十几年来古代文体写得最好的学生。这样胸怀的老师，你无法不肃然起敬。

我有个师兄王梓夫来自北京人艺，我们俩同时选修了一门话剧艺术课，讲课的是位满头银发的老先生。因为讲课举例多采自人艺的剧目，老先生知道梓夫在，每堂课休息都要过来问——我讲得对不对，你多指点。这种大学者的虚怀若谷，害得梓夫不好意思再去听课。

於可训先生和易中天先生，那时就算是中文系的王牌讲师，却是一点儿架子没有。於先生经常邀我去家里喝酒，谈些课堂上不便讲的话题。他是治当代文学的，国内的名作家多与之过从甚密，儒雅的外表里，却有着十分的血性。易先生则对我知遇多年，两年寒窗，与这些师长结下的竟是一生的胜缘。

四

因为是刘校长改革创新招生制度，破格把我们从社会打捞出来的，所以许多人视我们为武大的“黄埔系”，当然，校长也有几分偏爱。每学期初，会集中各系的插班生开个座谈会，校长亲自来训话。其他系的人数更少，但更是人中龙凤，多是各地树立的自学成才楷模，能被校长改变命运，心中无不充满感激。从今天的发展来看，多数人皆成了高知高干或高管，应该说，没有武大，也许大家还在混迹于泥涂。

校长对我的关爱，则可用天高地厚来形容。毕业后有几年，我曾经堕入人生的真正低谷。校长不断来信给我鼓励，甚至带着几个博士来探望，赠书送药，救我于绝望之渊。

当然，学校也有少数员工师生，对插班生是略有微词的，尤其对中文系。他们的理论自然是认为大学并不需要培养作家，总觉得这些散漫无行的所谓文人，不过是来混文凭的。临到毕业，都要论文答辩，不免有人想看笑话。我的论文导师是白嶷岐先生，选题则是“周作人晚期思想管窥”——我为这个著名的汉奸做了篇翻案文章。我私下先拿给於可训先生评估，於师内心比较认同，但担心太偏离主流话语，是否会在答辩时被发难。结果白先生竟然也认可，论文遂得以顺利通过，后来还公开发表在南方一份大学学报上，算是未负武大两年诸位恩师的错爱。

毕业分配时，正好海南建省。我因不想待在湖北，同时也想赶所谓特区的潮流，便向系里提出要求，希望能分到琼岛，或者就是西藏。系里尽量成全我们的梦想，于是 1988 年我又成了第一批赶海人之一。以后的命运则似波峰浪谷，几乎遍历了人间的五味百苦，此处就不再赘述了。但无论怎样的沮丧困顿，回忆起在武大结识的诸多师友，总觉得背后还有力量，还在支撑着我去面对悲苦人生。

香格里拉散记

一

我和李亚伟坐在成都的阴云下喝茶，五泡之后水淡如鸟，人也有些无聊了。赵野恰好来电——野哥，快来香格里拉。亚伟说：喊你去“斗地主”，他和默默二缺一。

亚伟才从那里回来，他们哥儿几个在那里开了个客栈，唤作“上游生活”。可能生意没起来，就只好窝里斗——拉哥们儿当地主玩儿了。人嘛，不做无聊之事，何以遣有涯之生。在高原蓝天下过一回散仙日子，也不是没有诱惑。于是，次日我就飞去了。

进门就看见北京老友温老大温普林也在，就感慨人生何处不相逢。还没来得及交换流浪的方向，默默那厮就已经把牌发好了——先打三百杀威棒才开始喝酒。深夜，云南作家范稳又带着一个藏族朋友，夹着牦牛干巴和几瓶青稞酒来，接着又醉。

赵野是来筹拍电视剧《香格里拉》的，大家伙儿要调研，上午州里派了个车，送我们——赵温范默我五人去德钦。我原不想去，赵说要去茨中教堂，我一下心动——我知道这个深入藏传佛教腹地的天主教堂的一些故实。对这种文化奇观，我还是不想错过的，于是拿件衣服就上路了。

这条路原就是赫赫有名的茶马古道，现在叫滇藏公路，那种险峻还真是让我一路揪心。三江并流的奇特地貌就在此段，翻完白马雪山，不远就看见神圣的梅里雪山了。每个人都被这神山惊呆了，我和默默是初来，更觉肃然起敬，一起下车看山。

梅里雪山藏民唤作绒赞卡瓦格博，汉人又叫太子雪山，相传是文成公主进藏时，路上私生的一个孩子化作的神山。这是地球上少数未被人类征服的雪山之一，日本登山队已经在此留下了数具尸体，关于它的传说则更是令人咋舌。而我们竟然有幸看见了它十三峰的真面——云屏一扇扇渐次打开，我不能用语言来糟践那种奇美——当地人相信，无缘之人是难以遇见这种福报的，它常年皆在云雾之中。

看来这样的起步是有福的，我们这群中年浪子在神山前都变得严肃了。

二

德钦县城就在梅里雪山下的夹皮沟里，远远望去只有一条街，进城看还是一条。倾斜 40 度左右，很陡，长不过一公里，两头分了几个岔而已。我们被安排住进彩虹大酒店，范稳是本省的名人，他写的长篇《水乳大地》，正是以这里为背景的，所以和这里朝野皆熟。

首先来张罗酒食的是当地的藏族诗人扎西尼玛，一个黝黑的康巴汉子。来陪的宣传部长是位女士，也是藏族，却只三十出头的样子。主菜是土鸡炖野蘑，再配以青稞酒，很容易就把我们麻翻了。更别说扎西的藏族歌曲，在黄昏的高原显得那么单纯和高野。

饭罢作别部长，我提议哥儿几个去转转街，爬不动坡只好往下走。街头有个小桥，横跨在雪山下来的一道涧上，哗哗的急流惹得人就有了尿意。夜色初降，大家便站在桥上泄酒，一时竟有孩童时代的快感。

温老大是北京的名流，是 80 年代实验话剧和行为艺术的发起人，他所策划的包扎长城的大型行为艺术，在当年曾经轰动海内。他二十几年来频繁进藏区，与僧俗皆结下了许多胜缘，所拍的《天葬》纪录片，在海外获得过许多奖项。这厮也是个老顽童，骑马摔坏过腿，现在走路便显得道路不平。

赵野是80年代四川的诗人，第三代诗歌的中坚和命名者，现在是北京著名的钻石老五。他原来在迪庆有投资，做过些善事，这里的官员对他则较熟悉。

默默是上海诗人，撒娇派的领军人物，著名诗歌活动家。他在上海有个书房，藏有近十万册书和几张床——据说床上睡过中国诗坛的半个江山及其情人，我便命名那里为“万人坑”。

就这么一伙人，开始了香格里拉圣地之旅，似乎有点滑稽。

三

德钦面积不小，但人口只有八万，县城就住了八千，海拔四千多米。稀稀拉拉的村落沿澜沧江两岸散开，山高江深，确属苦寒之地。往西北走，就是西藏的盐井和芒康，道路更加不堪。

去茨中的路只要下雨，泥石流就会断路，我们只好在县里多待一天。好在默默接到个女生电话，是上海来的驴友，要往西藏去，已经到了德钦。我们皆大欢喜，急忙说喊来同吃同住吧——虽然狼多肉少，到底聊胜于无。一会儿，果然来了个清秀的女孩，默默介绍说叫小白鱼，是他一哥们儿的前女友。我戏说没关系，在路上，现女友也不怕。大家就笑。女孩是小学英语教师，老背包客，见得多，经得起玩笑。大家见她晒黑了，说还是改叫财鱼吧；她羞赧说怕太阳，我们又坏笑——想起太阳的文言称谓。

驴友或者背包客，是今天社会的一个时尚，指那些单身上路的旅游人。他们一般通过网络或各地的青年旅馆联系同路人，一起不分男女同行同住，以便分担费用和旅途的寂寞，当然也有安全考虑。财鱼能跟我们走一程，彼此皆高兴，几个老头又多了许多谈兴。

下午到飞来寺对着梅里雪山喝茶，突然就看见了日本登山队的群墓。当年他们登山时，当地人极力反对——这是他们的神山，他们不想任何人去亵渎。那是一个绝对不会雪崩的季节，结果大雪还是掩埋了这些自以为是的勇士；奇怪的是他们的尸体，多年后却在几十里外的冰川被找到。

现在当地人还在秘密传说，是卡瓦格博山神发怒，抖了一下肩膀。反正至今没有人类登上过此山，即使它只有六千多米，远远低于珠峰。州里准备立法，再不许任何人攀登。许多无神论官员到了这里，往往也学会了尊重一点此地的民俗。

四

太阳在雪山的反影渐渐消逝，温老大和范稳带着几个男女赶过来喝酒。除开扎西外，还有本县图书馆的馆长伦布、美国大自然保护协会的马建中及他的女博士助手。大家边饮边聊，不知怎么就扯到马骅身上了。

马骅是天津人，复旦大学毕业，也是个诗人，曾经主办过诗生活网站。2003 年厌倦了城市生活，忽然就来这里当了志愿者。他执教的小学就在梅里雪山下的明永冰川边，刚好是扎西的故乡。

他没有报酬，但给这个村小和边城，带去了许多新的东西。在这里，他和扎西及伦布等人一起，组织了卡瓦格博文化社，至今还坚持着活动。2004 年他进城为孩子们买粉笔，搭便车回校时，车翻进了澜沧江。藏民们自发地沿江寻找，江边上插满了经幡，孩子们哭红了眼睛，他却连尸体也交付了急流。

在德钦，几乎无人不知道马骅，全国的媒体在他死后忽然热闹起来，最后他被奇怪地追认为党员。只有他的朋友知道他是个自由主义者，纷纷在网上撰文议论——一个生前从未申请的人，死后实在不当获得这样的“荣誉”。

默默原与他很熟，扎西和伦布是他在这里留下的诗与爱的种子。我从这两个藏族兄弟身上，则看见了他那一脉书香还在经久相传。我找到了一封他最后的书信，在此转贴——

7月10日下午五点多，所有科目的考试都结束了，我和学生搭车回村。车子在澜沧江边的山腰上迂回前进，土石路上不时看到滑坡的痕迹。江风猎猎吹着，连续阴雨了一个月的天气突然好起来。落日在雪山的方向恍恍惚惚，神山卡瓦格博依然躲在云里。挤作一团的二十多个学生们开始在车里唱着歪歪扭扭的歌。薄薄的日光时断时续地在车里一闪即过，开车的中年男人满脸胡茬儿，心不在焉地握着方向盘。学生们把会唱的歌基本全唱了一遍，我在锐利的歌声里浑身打颤。

有一个瞬间我觉得自己要死了。这样的场景多年以前我在梦里经历过，但在梦里和梦外我当时都还是一个小学生。《圣经》中的先知以利亚曾在山上用手遮住脸，不敢去直面上帝的荣光。在那个时刻，我突然想起了遮住自己面孔的以利亚，我觉得自己不配拥有这样的幸福。

两天后，我们在学校里为四年级的学生开了简单的毕业典礼，我跟他们说了些他们可能无法理解的动感情的傻话。学生们都哭了，我却奇怪地保持了平静。

雨季仍在继续，难得看到一两眼太阳。而一旦出了太阳，就是一阵暴热。我要离开村子一段时间，到周围的地方去转一下，冲淡一下我多少有些可笑和矫情的感伤与自我感动。

不久前，我为村里和学校写了一份资金申请，托人递到州财政局，让他们拨些钱为学校建一个简易的篮球场，作为学生的活动场所。前几天，申请被批了下来，顺利的话，暑假期间可能就会动工了。这个消息很让我高兴。

不管怎么样，我到这里已经整整一个学期了，生活在经历了一个巨型转弯之后，震荡和晕眩都还没完全平复下来。短暂的出去走走也许会有好处。

这几乎就是他最后的文字了，他真的就走失在这一片山谷里了……

五

马建中是个儒雅的藏族知识分子，我奇怪他为何叫这个名字。他说上小学时，他们那个霸道的汉族老师喊不清楚藏名，就直接给每个孩子命了个意识形态很浓的汉名，入了学籍，只好用到现在。我终于明白了为何这里许多藏民用的都是汉名，这是一个时代的印痕啊。

他就生长在迪庆，他说小时候就一心想考出这大山，他认为凡是能到北京去的就肯定是伟人。后来他考进了北京，觉得很失望，就想再走远些；又到美国读博，读完了还是发现没意思。后来他联系了美国大自然保护协会，又受命回到了故乡。他终于在重逢卡瓦格博神山时，跪倒尘埃，放声大哭起来。

该协会的总负责人曾经是美国的财政部长，也曾许多次以民间身份来考察本地，和他在一起吃每餐三五元的饭食。他说本来是大自然在保护我们人类，我们岂敢妄谈保护自然。他现在所做的事情就是给每个神山修传——把老百姓世代相传的对自然的敬畏传下去。这样一种文化深入民心之后，还需要你去圈地设网保护吗？

他本不嗜酒，也许见到几个还能勉强理解他的人，便不免多了兴致。那夜他与我推杯换盏，又不断地高唱藏族歌曲，最后被扎西扶了回去。他的妻子在昆明，他本可以在都市像许多“海龟”那样，做买办或者政府高参，混一个富贵荣华。他却回来了，在这样一个寂寞小城，默默地完成着自己良心的使命。我常想，有勇气不衣锦也还乡的人，是真正的高士。相形之下，我见出自己的小来。

六

夜里回到小城，大家谈兴犹浓，不忍散去，遂决定再到酒吧继续喝。

酒吧是藏式的，是伦布的妹妹开的，一个戴着眼镜的藏族姑娘——我很少看到她。恰好那天是伦布的生日，大家买来蛋糕又开始狂欢。伦布和扎西都是那种很腼腆的男人，我们这一伙则迹近土匪，但酒是一种燃料，对各个民族的男人皆有殊效。

我非常喜欢藏族歌舞，更欣赏他们随时想唱就唱的那种自然。扎西和伦布起舞开唱，然后又把歌词翻译给我们——

我喜欢白色上面再加一点儿白，
就像晶莹的雪山走过一只岩羊。
我喜欢绿色上面再加一点儿绿，
仿佛翡翠的松林落下一只鹦鹉。

我对藏族民歌的歌词情有独钟，是因为他们总有一些奇怪的想象和修辞。比如——当雄鹰飞过的时候 / 雪山已不再是从前的模样 / 因为它那翅膀的阴影 / 曾经抚过了石头之上——这种民歌和我们汉地相比，明显具有现代诗歌的许多味道。

我们的歌声吸引来了一对藏族父子，他们衣衫褴褛、满面风尘，抱着弦子来要求为我们弹唱。他们来自遥远后藏的日喀则，一路行吟卖唱只为来转一转卡瓦格博神山。现在他们的心愿已了，要唱出回家的路费。

他们的歌声更为苍凉嘶哑，那个小男孩的嗓子发出某种奇怪的弹音，令我心酸不已。在藏地，你随时可以邂逅这样的朝圣者，他们用一生的积蓄，用漫长的时间，去千里万里地完成一桩你难以理解的心愿。面对这样的大地苍生，你无法不俯首低眉。

七

我们五个男人，分住三间房，其中必有一间多出一张床，正好可以安置财鱼。但问题是谁去当这个驴友，谁敢冒这个风险——要么独占春色，要么备受熬煎，这实在是个赌局，因为这不是可以事先和财鱼商量好的问题。

钱钟书先生描写过“甲板上的爱情”——从一个码头开始，到下一个码头结束，这或者是今天许多背包客暗怀的动机。但我们又与此不太相同，这是个天外来客，而且我们哥们儿之间又太熟悉。既难以高尚到让贤，又不会卑鄙到抢先，还不会平庸到互相比着坐一晚上，那该如何是好？财鱼已经随便拿着一个钥匙牌先走了，大家看着剩下的那一间房的钥匙发笑。

酒不能再喝了，明天还要赶路，大家开始讲黄段子营造气氛。范稳说：一个大车司机独自开车从德钦到香格里拉赶夜路——这是一条孤独危险的路，果然他就遇见一个藏族汉子拿枪横在路上。他只好下车给买路钱，可人家不要。他问要啥，人说把你那东西掏出来，他只好掏出；人说打个手铳，他只好费劲打出来。然后说可以走了吧？人说再来一次，没办法只好又来一次。人问爽吗？爽。人说那再来一次，他说哥，实在不行了，你把我杀了吧。这时，那劫匪吹一声口哨，从林中出来一个绝色美女。匪对司机客气说——你，把她带到香格里拉去，她是我妹妹。拜托你，我放心了……

大家大笑，好主意，可谁愿来扮演那个可怜的司机呢？

八

迪庆自治州仅辖三县——香格里拉、德钦和维西傈僳族自治县。茨中是个村子，属于德钦的雁门乡。去路完全沿着澜沧江走，柏油路面但不宽，弯多路险，几乎像在云中盘旋。稍有闪失，就会滚进悬崖下的急流。

我是开山路的老手，也曾经开过川藏北线，但仍被眼前的路吓得不敢往边上看。关键是江水滔滔，都是雪山下来的冰水，下去则是万劫不复。每年都有特大车祸，且都在其中十多公里的一段发生，一死几十人。按藏俗，每死一个，就在江边插一面白旗，有一阵子，那段路白幡飘摇，让所有的过客皆心惊胆寒。县领导也怕了，请来八方活佛念经作法，最后又在那段路修了13座白塔镇邪，这样一直到现在，才没再出车祸。

许多事情就是这样不可解，我欣赏这样的官员——敢于承担政治风险，冒犯无神论的原则，尊重民俗，为苍生做点功德无量的善事。

茨中教堂的委托管理者吴贡底老人就坐在我们车上。他来县里办事，刚好可以带我们回村。他是个地道的农民，“文革”前在县里读过初中；因为信教，也因为出身富农，年轻时吃过许多苦头。90年代，政府落实部分宗教政策，拨款维修了教堂，由于昆明教区派不出神父，就委托他负责管理。无论政教两方，皆无任何经济补助；他作为一个虔诚的天主教徒，当然也自愿为主服务。

他有一女两男，长女就翻车死在这条路上，留下一个被医生打针打傻了的儿子，由他这个外公抚养。长子叫约翰，次子叫彼德，当然都是教名，用的圣徒的大号。他家两栋二层木楼围着个小院，四面皆种着各种果树。院子下是牲口棚，喂着猪牛；在当地，这就算中等人家，有一份自足而体面的生活。

楼上有客房，因为近几年来参观教堂的游人多了，他家还兼做客栈，在留言簿上被称作红玫瑰。名字由来是他家自酿的红葡萄酒非常好，且一直栽种的是当年法国传教士带来的红玫瑰品种。屋顶上装了太阳能热水器，有专门的盥洗室，只是厕所和所有的农家一样，难以入目。

九

从吴家到教堂约两公里，整个村子也就沿江散居着，不到百户人家。村中有藏、纳西、傈僳、白、回、汉等多个民族，以藏为主，通用的是藏语。信天主教的占九十多户，信藏传佛教的有几户；东巴教由于信众少，在“文革”中被基本打压，现在难以恢复。有一两家的家人分别信天主和佛教，却也互不相涉，可以和谐共处。

虽然没有神父，村里至今仍保持每周日到教堂做礼拜的习惯。凡是重大的教节，则更要举行隆重的集会。没有神职人员，村民则自己推举年老且还能使用藏语讲经布道的乡亲，自行组织，经年不废。吴老汉对此忧心忡忡，会讲的老人日见稀少，他们又没能力再将这些经书翻成藏语，用汉语讲当地人又听不懂，这一线教脉，他不知如何才能世代相传。

他对我说——托主的福，他家年年果粮丰收，他还成了州政协代表，去过一次北京参观。他希望教区能早日派来神父，但现在，他只能用汉语来记录那些老人的藏语经文。他拿给我看那些只有他们才能听懂的汉字藏音玫瑰经，我竟然如对天书。我为老人的可怜努力深深感动，我想假使罗马教皇知道在遥远的东方佛地，还有这样一个藏族农民，在执着地传播他们仅知的那点儿福音，他是应该为他封圣徒的。

教堂是村民相对集中的一个地方，旁边还有一所香港富人捐赠的小学，孩子们在其中歌唱。教堂完整地保留着它的法式建筑风格，进门是四层高的钟楼，然后是可容百人的殿堂及讲坛。彩绘玻璃窗和顶棚都基本完整，耶稣和圣母等塑像仍然各归其位。每个地方都干干净净，可以看出老人的深心爱护。庭院里还空着许多房子，院墙都是大理石，在一百年前这样一个闭塞的小村，我难以想象那些法国传教士，曾经历怎样的困难才完成这样一个不朽的建构。

教堂前和右边是几亩地的葡萄园，那些来自法兰西的种子，至今依旧在这片土地上开花结实。园子中还有几棵大树，浓荫覆盖着两所小坟——都有石碑，一有名，一无名，但他们都来自法国。

十

我在那神父墓前仔细辨析着那些斑驳歪斜的铭文，显然这是后来补刻的。村民只知道其中一位叫伍许东（汉名），卒于1921年，来自法兰西。另一位据说逝于20世纪40年代，烽火乱世，连名字也不曾留下。他们的故土则肯定早已遗忘了他们的一度存在，不知罗马教廷的陈年档案中，是否还有他们灰暗的记录。

伍许东应该就是最早来到茨中的那位神父，但他不是最早走进这片河谷地带的使徒。早在1864年左右，这里就由天主教康定教区派来了首批传教士，并在旁边的巴东和茨姑两村设立教堂。我今天已无法想象，那些使徒是怎样在这片藏秘的古老土地上落地生根的。因为即使眼前，藏民对佛教的虔诚崇信都是深入骨髓的，几个形貌古怪语言简陋的洋人，何以敢来此地吸纳信徒？

我们今天仍然可以看到，这个所谓文明世界的基本冲突，依旧还是宗教的冲突。连同同一教里的不同派系，彼此也打得一塌糊涂，更不要说横跨欧亚大陆的两种完全无关的宗教。当年的罗马教廷在最初了解到西藏这块神秘大地及其密宗信仰后，决心要再次东征，将自己的一神论推广普及到他们眼中的蛮荒之地。他们从各国招募志愿者（神职人员），送到打箭炉（康定）培训，学习汉语和藏语及礼俗，然后从川滇两路出发，一站站地设堂传教，向拉萨合围。

虽然他们不再采取当年十字军的野蛮血腥方式，虽然佛教又天生具备忍辱包容之心，但毕竟从种族、文化、习俗、语言到宗教都相差太大，最初的矛盾必然在所难免。于是，到汉地开始闹义和团要灭洋扶清时，这里也莫能例外，开始烧教堂驱洋人了——史称“维西教案”和“阿墩子教案”（德钦古名）。

这是 1905 年的往事。后来的情形和汉地无异，清政府派兵弹压，云南出让采矿和开办铁路权，赔款重修教堂。于是，伍许东被派到了这片满目疮痍的澜沧江河谷，他要在那些还在渗血的心灵上，重建他的天堂。他放弃了原先的旧址，看中了茨中这片上帝的小土地，开始了他长达十年的筚路蓝缕。

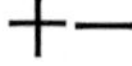

2000 年 10 月，罗马教廷为在中国前后死去的两百多名传教士封圣——这只是众多死者的一部分。他们有的死于老病，有

的死于教案，还有的被新政镇压。那么，西教——天主教和基督教，究竟是从何时又是如何进来的呢？为什么它让国人误解甚至衔恨至今？我们不妨来简单回顾一下这段中西宗教交通史——

零星的资料认为汉朝即有耶稣的门徒来到华夏，而信史则公认在唐朝贞观年间，那时叫“大秦景教”，大秦即罗马也。之后希望前来布道的散客一直未断，到了明朝，利马窦、汤若望等教士，终于渐渐摸清中国人的脾性，带着一点儿科技、天文和医学知识以及一些小礼品，开始敲开宫廷的大门。传教得以合法进行，大臣徐光启等也曾受洗，传教士才开始批量进入。

到清朝康熙帝，因为偶像和祖宗崇拜问题，儒生们觉得西教会破坏中国的人伦传统，开始和传教士吵架并向皇帝告状。康熙帝难辨是非，干脆禁止外人来华传教。一直到道光年间，教士们都只能悄悄在澳门活动，偶尔到广州私下传播一下。

鸦片战争本与这些罗马使者无甚干系，但其结果却是在清廷割地赔款的前提下，还必须允许各国传教士自由传教——这就难免把西教一下子拴上了耻辱柱，他们是和鸦片及坚船利炮一起被强行推进来的。更有个别教士因为精通英汉语言——那时这样的主儿不太好找，被拉去做了不平等条约的书案，这就似乎更难辞其咎了。

可是有几人知道，绝大多数传教士都是反对英国的对华鸦片贸易的。正是他们在民间看见这一毒品对生民的祸害，才屡屡发表报告，向英国议会及国际社会揭发和抗议，最后导致英国决定在 1908 年终止鸦片贸易。

十二

当然，吴贡底老人并不清楚这些前朝往事。他只知道他的曾祖父来自西藏昌都，那时，这里的神父从土司手里买得大片土地，无偿邀请那些失地游民在此安居耕种，只要求他们为教堂提供一些服务。他们病了，还可以从神父手上获得灵药；遇到灾年，还能吃到施粥。他们没有理由不相信这些洋人也是善人，尽管也有喇嘛说他们是魔鬼。

穷人只相信肚子的感觉，慢慢地他们开始接受神父的说教了，也不再到寺庙里烧香了，直至最后接受洗礼。而这个村子也由起初的九户人，渐渐团聚到几十户。至于村里还有人信佛或者信东巴，神父也不格外排斥。而民国时期，连最高领袖都是教徒，自然也没有人再驱赶这些洋人。一切仿佛都在这个山谷里和谐起来，一如那些法兰西的葡萄，不择土地，同样在此酿出酒浆。

但无论耶稣还是佛陀，都不能保证人间没有乱世。50 年代初，这里最后一个会说藏语的神父接到了驱逐令，他必须像他世纪初的前辈们那样，匆匆撤离这块他已经倾注无限感情的土地。淳朴的村民不谙世道的颜色，牵马相送，茫茫雪山上留下乱离的蹄痕，很快又被新一场深雪覆盖。

之后，这里再也没有了神父。吴老汉把我带到不许人轻易踏进的圣坛上的告解室，他指给我看那些一百年前来自远方的铜烛台、石膏的圣母像以及覆满时间尘灰的《旧约圣经》。他告诉我——这些圣物都是“文革”时老百姓暗中藏下来的，他现在又一点一点收回来。他带我上钟楼，说以前的钟被对面的石棉矿拖去当上下班的命令去了，他前年去要，敲得只剩碗口大一块废铁，还向他开价要一千元才给。

他从山西又买回了一口钟，尽管没有神父了，他还是想让这洪亮的钟声，在山谷里重新发出回响，让无主的心灵也找到共振的旋律。

十三

熟悉滇藏生活的范稳告诉我，在这一带，还有好几个教堂，包含高黎贡山那边。他多年来一直关注这个题材，此次也带着帐篷等野战配置，计划再次徒步考察几天，吴老汉的大儿将为他牵马护航。如今的作家还能这样吃苦深入艽野的已然不多，他只比我小几月，而我已经被都市弄成废人了，面对如此雪山唯余敬畏矣。

退出教堂时看见门槛上坐着一个衣衫褴褛的藏族老人，正在旁若无人地享受峡谷中的残阳。范稳对我说，这就是最后一个神父的私人厨师，据说他会做一手地道的法式西餐。神父撤离时，非常想带他离开这个河谷，但他不知何故竟然拒绝了。以后他参与了叛乱，再以后他重新回到了故土。不仅再无缘品尝西餐，甚至连女人也终生未品。在动乱年代结束后，他成了这个教堂的看护人。我到门边他那间蜗居看了一眼，实在不愿用语言来描述。范稳感慨地说，可惜他一句汉语都不会，不知有多少故事永远烂在了他孤独的回忆里……

回吴家的路上，经过一条雪山上奔泻下来的山涧，涛声若怒，银练成匹，一头扎进澜沧江后很快就混作浊流了。古人谓出山不如在山清，于人于水，皆同此理。我和赵范二兄乐此清流，忍不住下到涧边，掬波而饮，其清冽不觉寒彻心头。然后大家又濯足沧浪，一洗四十几年的劳尘，在斜阳下翻晒着内心的倦怠。

吴家的炊烟已经在山谷中袅袅升起，忙碌着厨务的是二儿媳妇——一个很漂亮的藏族女孩。她在淘洗时偶与我们目光相遇，只是淡淡一笑，复又腼腆地低眉而去。对这种清纯，油滑的我辈也是不敢略加一句戏词的。吴家长子尚未婚，家里的苦活累活则多由其负担，次子则像个乡村时尚小哥，多享了父母的几分偏宠。

十四

澜沧江是我所见过的急流之最，它从西藏昌都狂奔而来，一路向南，一直到印度支那才变成美丽平缓的湄公河。此刻，它就在吴家边上咆哮，我们坐在黄昏的庭院里，依旧还能隐隐听到那起伏的涛声。

晚宴是那位美丽藏妹一手操办的，满桌的山珍土菜，仅供客人享受。他们一家则在厨房用餐，我们把吴老汉拉来一起喝酒。先是品尝他们的私酿——玫瑰红葡萄酒，果然别具一格。其长子又拿来一点儿窖藏了六年的珍品，自然更显浓淳。要买，他们却只肯卖一斤，说还要留给以后的客人。看来生意并不重要，他们要那份听每批来客夸奖的喜悦和自豪。

大家喝得兴起，吴老又自告奋勇地拿出他的毒蜂青稞酒，也是自家秘制，说是可治疗风湿。酒中泡了半瓶牛角蜂，许多人皆平生未见，嚷着要倒出来看看。我是深知此物厉害的，吴老却带头生吃起来。温老大等也跟着大嚼，吴老婆婆在一边着急，要老头子教大家掐去毒针后再吃，果然一会儿默默就喊舌头发麻了。

大家谈兴正高，吴老酒性大发，又去房里拖出他的独家春酒，谓能壮阳。大家看着财鱼坏笑，戏说昨天熬过了，今天喝了这个，怕是要犯错误了。一伙人仿佛久旱逢雨，抢着干杯，竟如饮鸩止渴一般，然后纷纷对财鱼毛遂自荐说——今夜你就点杀吧，像皇帝那样翻牌也行。尤其昨夜当了司机的那哥们儿，恨不得借酒复仇。

赵野先倒了，一听有独门暗器到，又从床上弹起来，似乎要死马当作活马医，上来就和吴老连干三杯。可怜吴老在茨中一世称雄，竟被自家的药酒当场麻翻，被大伙扛了回去。次晨起床，只见老头右脸红肿带伤，说是夜里从床上滚倒尘埃所致。

吴家全睡了，我们还在庭中待月。财鱼熬不住，先自上楼，剩下几个药性渐发的哥哥，在院中说黄段子解毒，谁也不好意思先去就寝。

这夜刚好又停电，整个山谷仿佛无人一般。到了午夜，才见月亮爬上东岸的山巅——那山实在是太高了。想想我们哥儿几个，皆是望五之人，大半辈子皆在谑浪风尘，不能说当年未曾别有怀抱，可怜俗世沉浮，现在竟到了求田问舍的心境。用古人的话说——不知今夕何夕，又奈此良宵何？

赵野后来有诗叹曰：

停电了，对面的山寨
起初还有隐隐烛光
酒再过三巡，澜沧江
仿佛奔流在天上

月亮升上东山，一个
年轻时才有的白夜
几个老男人讲完了
一生的轶事和笑话

关于政治，关于性
我们永恒的激情
墓园里的法国教士
一定已被吵醒

百年前，他们就闯进

这片时间消失的高原
带着天主的福音
和卢瓦河谷的葡萄

主人已先我们醉了
一个隐忍、谦卑的信徒
罗马的大人们，可否能
听到他梦中的祈祷

十五

茨中的黄昏，我一边翻看着吴家的留言本，一边和老人闲话。我想知道在这个多民族多信仰的小村，人们究竟能否和谐共处，古老教义所要传播的爱，是否真正抵达了这些草民的心灵。他告诉我——自从 80 年代恢复宗教自由以来，他们村连撒酒疯的都没一个。更有趣的是，各家都会有丧仪，天主教家庭按天主教规矩办，佛教徒也会来参与，但他们会坐楼上，然后各念各的经，反之亦然。

看着头顶的一线青天，听着身边永恒呜咽的逝水，我确确乎不知道究竟是哪位神祇在主宰着这片河谷，是谁使人民在此穷山恶水间安居乐业。我已活过大半生，认识各种宗教甚至“邪教”信徒，却未能真正找到心灵的归宿。在有神和无神论之间，我倾向有神；但在一神论和泛神论之间，我却倾向泛神——恰好多数宗教都是只许相信自己的神。我之所以在个人情感上偏向于佛教，只是因为只有藏传佛教的领袖，敢于在全世界宣称——我尊重世界各种宗教和他们的信徒。

有一回饭局，座中有赵林（武汉大学宗教和神学博导）、符芝瑛（台湾天下文化出版公司前主编，星云法师弟子），还有一位基督徒是符的朋友。大家吃着吃着忽然谈起信仰来——大概是我故意挑的头。自然大家各说各的信仰，但最后我还是比较服赵林的说法。他说他是个自然神论者，他相信万物皆由神造，他莫能名之而已。比如你在火星上要是捡到一块手表，你一定会认为这是神造，但你捡到一块石头，你却觉得不是神造——但事实上，一个石头的分子结构，却可能远比一块手表复杂。

我不知道一个国家非要把无神论定为主流意识形态的理由，我只知道在有神论的国度，科学照样发达。而在这样一个乡村，因为有神——无论这尊神来自印度或是法国，人们因信仰而安宁和谐，而有所敬畏。没有谁强迫他们每周日翻山越岭来教堂礼拜（好多户住周边山上），他们却远比拿工资学文件的那些人自觉认真且虔诚。

我和吴老聊天时，他的老伴从山上扫松针背回大篓，他的媳妇在洗土豆，他的长子在挤牛奶——我第一次看见给黄牛挤奶。他的次子在为我们摘李子。从雪山飘过来的云又飘到山外，从雪山流下来的河又流向天外。我们在这里来而复去，我们在人世间来而复去，我们都这样过着日复一日，我们的幸福何曾大于他们的幸福——他们在他们的神之庇佑下，欢乐而自足。

十六

人生大约有许多地方，原只配去一回；就这一回，往往还需要各种因缘凑合。古人说梁园虽好，不是久留之地——这其中，本是另有如许身世怅惘的。仿佛生命，何等精彩华章，最后亦将化作这山河大地的一抹微尘。即这山河大地，也终必在某天复原为宇宙中的几粒灰沙。佛陀论世，一切不过劫数，他是相信末劫存在的。

遥想当日和易中天先生闲话，他说——所有的树木都将雕塑成灰。二十年过去，我回思这句话时，又深了一层领悟。我们在人世间播种浇水施肥，将幼苗培成大树，塑作雕梁，但一切何能逃过最后的火焰。

范稳留在茨中，继续他的田野调查。在德钦，财鱼马上就找来了一个武汉的男驴友，要继续西奔。马建中请告别宴，我们嫉妒地对那哥们儿感叹——唉，狼叼肉，最后喂了狗；一路就拜托了。大家又怪笑，我怕这几天玩笑过分，给财鱼敬酒说——垮掉的一代有句名言：我们不是我们污脏的外表，我们每个人内心都盛开着一朵圣洁的向日葵。她笑答曰——阿拉晓得，阿拉 18 岁就跟那些诗人混，什么没见过。嗨，敢情有诗人这杯酒垫底，这世界还有什么酒可以惧怕的，我是瞎操心了。

回迪庆开夜车，却看见一匹狼在马路中间咬死一头羊，正在进餐。见我们车到，它不慌不忙地让开。我说下去把羊捡上来吧。那本地司机笑道——你还敢去和饿狼抢食啊？大家复笑。司机说，原来牧民有枪，现在政府把枪都收了，狼就到处横行，经常公然去抢牧民的牛羊，老百姓叫苦也没办法。想当年秦始皇聚天下之兵器，熔铸几个铜人，究竟还是二世而亡。也许在各人心中保存一座神山，远比没收几支刀枪有效。

十七

香格里拉县即过去的中甸，是迪庆藏族自治州首府所在地。在茶马古道时代，这是个往来客商必要一歇倦足的重镇，名唤建塘镇，划属本地的藏族土司独克宗辖制。这里确是在高原极少见到的平原，四围皆高山，中间一大片草甸，镇中有龟山，古城则傍山而建。城边半山上，还有已经颓废了的泥筑寨墙。

所谓古城，即基本完整地保留了 100 年前的藏式民居和老街。新城在旁边，机关和干部当然也就在旁边。几年前，古城都近乎一座空城；因都是泥墙木构，百年风雨已使它破败难居，房主们都搬到新城去了。

后来，在此地做志愿者的一些老外，看中了这些老屋，用极低的价钱租下来，外面完全不动，只在里面做些现代装修，住进去就格外舒服了。于是，许多游客也徘徊不去，开始在此赁屋而居并做起小买卖来。州府的官员悟出了其中的商机，决定保护古城，很快这里就像回到了茶马时代，一下子热闹起来。

现在，古城的老屋多已租出，房客既有联合国官员，也有台港人士，更多的则是来自各地的波波族们。这些藏式院落确实好，都是巨木建构再夹以土墙御寒，房顶是木块做瓦，院子里往往还有果树草地，价钱则便宜得惊人。

古城的中心谓之四方街，有个大院坝，每天黄昏，当地的百姓就在这里跳锅庄舞。音乐声中，看那些老人完全非表演的自娱自乐，舞步复杂漂亮，真是我每个薄暮的享受。许多游客也会跟着学，人群围出好几个圈——中间的空地，则永远是留给一个疯子老头在那里独舞。这样的画面往往让我沉醉，各族混杂，翩跹共舞，唯一的语言——完全不需要翻译的音乐，在此刻穿过所有的心灵。

小城人很少，到了夜晚，就只有各个酒吧不同肤色的一些游客在闲坐，石板小街上还会有些牦牛来散步。一般来说，往镇外走十分钟，就到了乡下。夜里很静，偶有藏獒的吠声；无云的时候，天空则很低，星星大得像个卵形。

十八

在香格里拉，你真不知道哪片云会下雨。多数时候，总是阳光晃眼，但几乎每天都会突然飘来一阵急雨，有时还有板栗大的冰雹，打得木瓦乱响。但一转眼，又是满眼晴光。任何时候，只要在阴凉地，都要穿件外套。夜里盖着很厚的被子，依然感觉到寒气袭人。

一个古朴的小镇，完全像武侠小说中的某个背景地，埋藏着许多隐名高手。看着一个破败的墙垣，进去一问，原来却住的是卡特夫人——联合国派驻的官员。随便一个朋友邀你去喝下午茶，座中都可能遇见一批来历不菲的人物。看着像个村妞，一交换名片，原来竟是保护国际的中国首席代表。

芳姐来自台湾，在上海开着很大的设计公司，她在这里买了两个院子，一间自住，一间做了工作室。她几乎调查了这里每栋房子的历史和变迁，还带来了一批海外朋友各买一栋，按她的话说——自己组建了一个社区。

活佛会请你去喝藏秘红葡萄酒，吃尼泊尔餐，年轻喇嘛可能下山来和女游客品咖啡打扑克。除开路上，我几乎没见过警察扰民，当然，也没见到过小姐拉客。据说，凡是驴友多的地方，大家都自给自足了，断了人家的生意。有天，我们一伙烂人在自己的客栈上游生活开诗歌朗诵会，州长也跑来喝酒致辞。政协主席是前土司的后人，过来交换著作，我先以为就像我们内地那些爱文艺的宣传部长的东东，结果打开一看，把我们哥儿几个狂人全部镇服。我实在喜欢这些藏人，海阔天空，却一点儿也不装牛。

藏学所老所长是个掉队的红军的儿子，是国内藏学研究的权威之一。他会藏族的打情卦——全座的人背着他拿个自己的小物品，比如耳环手表之类，然后一一交给他，他用手握一会儿，就会用藏语唱首歌，再翻译给大家听。歌词的意思就会暗示出物主的爱情命运，所有的人都会在内心服气。

贺龙的红军曾经从我的故乡湘鄂西出发，经过这里小驻，开了个中甸会议，然后才打到陕北。我看了下地图，不得不感叹——他们真能走，比现在这些背包客强多了。要我从这里再走回故乡，发几个女驴友陪起，估计老夫也不行。

十九

香格里拉是英语文学为遥远东方贡献的一个名字，但也是洛克博士的游记为我们打开的一片净土。我无须去考证她的本来隶属，但她就在滇西北，这点无可置疑。每个人心中都有一个自己的香格里拉，按广告词所说——一个梦开始的地方。

她究竟给我们提供了一个什么样的梦呢？

许多年前，这里的原住民大概主要是藏族和纳西族，部分彝族、傈僳族、白族和独龙族则散居在山间水畔。后来普米人从北方随军南征有功，也在此留下，完整地保存和繁衍出一个民族。这里的回族人也很多，他们则多是左宗棠平西时辗转逃难而来的哲合忍耶派回民。按张承志的说法，这是最难忘记仇恨的一支人。但他们却在这块土地上，终于埋下斧头，化剑为犁，成为其他民族的睦邻兄弟。

一百多年前，上帝也派使徒来眷顾这块土地，并且也在这些宽厚慈悲且木讷的牧民农人中，传下了他们的福音。虽然时至今日，这里仍旧过着一种古朴而简单的生活，挤奶，打茶，饮酒和歌舞，依然是快乐的源泉，但多数过客，都会油然而生一种临别踟蹰的怅然。甚至许多人，宁把他乡当故乡，视此为终老埋骨的梦乡。

我们为这里找到了一个主题词——和谐，虽然该词有可能被人张冠李戴，但在这个充满冲突和暗算的世界，这里，还基本当得起我们对该词的正确理解。

我不知道我对这里的潦草描述，是否真正抵达了每个人心中的香格里拉。我不知道我的短暂驻足，是否能够做到倦鸟歇翅落地生根。我们客栈的大门正对着白鸡山，山腰是墓园，山顶是白鸡寺。某日，我和赵野爬上了黄昏的墓地，我们坐在碑碣间突然谈起了死亡。

我忽然想起《西藏生死书》所要完成的普世劝慰，不过是一种死亡教育。死亡，并不是从天而降的厄运，它是与生俱来的宿命。所谓生活、生命，不过是死亡的一种过程。我们的身体，每天都在一点一点死去。昨天枕上的落发，今日胃里的溃疡，都是我们刚刚死去的局部。但悲哀的是，我们却总要拿这仅余的残肢，去祈求博取永恒和不朽。

我们在暮云璧合时下山，我们听到了黄昏的歌声，看见了华灯初现般的星空。仿佛正是这些永远的风景，带我们走到了香格里拉……

民国屐痕

一

再过两天才是立春，此际的台北已经和风煦然了。宋朝词人周邦彦形容——正单衣试酒，怅客里、光阴虚掷，仿佛正是眼前我的况味。确确乎是一袭青衫，我竟然就闯到了基隆河畔的忠烈祠。

出发时还很晴好的天空，忽然间暮雨飘潇起来。我拄着一柄民国式样的弯把黑布长伞，穆然伫立于沾衣欲湿的细雨中；当我仰望大书“成仁、取义”的庄严牌坊时，台北冬季的雨，瞬间沁湿了眼底。这些海峡上空聚合的水分，似乎天然如泪一般咸苦。就这样噙着雨痕，我万里渡来，偏要参拜这一座久仰的祭坛了。

台北忠烈祠始建于1969年，由蒋公亲笔榜书。正殿及两边配殿层叠树立着密集的神位，有名有姓的享祭者凡49万余人。仅仅抗日战争八年，民国折损的将官竟达两百余名。整个二战的盟军战场，可以肯定没有任何一个国家，曾经付出过如此惨烈的代价。我独自凭吊在空旷的殿堂中，仿佛置身于漫无边际的坟地。那些早就在史书上熟悉的名字，渐次涌入回潮的眼眶；一个世纪的亡魂似乎仍然列阵于战火未尽的云天，在等待我这个晚辈前来追问和祭奠。

我来到管理处（他们仍叫指挥部），查询我外祖父的信息。他们一番殷勤检索，最后总指挥亲自出来敬茶，愧疚地告诉我——有这个名字，但是没有籍贯没有死亡详情。为了表示歉意，他非要送我两幅照片，是每年春秋两次祭典的神圣仪式。最后，一个老者执意要在雨中送我出门，他无限感伤地说——近七百万人的死亡，我们实在没有办法搜集齐全。

外祖父于我，只是生命源头之一。他在我外婆之后，另娶新妇为他生育了两个儿子——论辈分血缘，算是家慈的异母弟弟，是我不知下落的舅舅。外祖父被击毙于鄂西道上之后，他的一个旧部竟然带着他的长子（我该唤作大舅），万里硝烟中辗转撤退到了台湾。这要怎样的古风高义，才能如此艰难地拯救同袍遗孤啊。而留在内地的小舅，则和他的母亲一起承担着匪属的待遇。我能从前辈族人那里获得的仅有信息便是——大舅成长为彼岛的高级军官，小舅沦落为此岸的下岗工人。因为吾母的原因，我们与他们素无联系，甚至不知道名字。

看过龙应台先生的《大江大海 1949》，就知道那一年是海峡般宽阔的伤口，是我们至今难以超越的苦难，至今未能弥合改变的命运。

二

就这样带着一本书，我像穿越时空隧道一样，从共和国走回了民国。从桃园机场到台北腹心，感觉也就像从莆田到泉州，像从今天回到 90 年代。山河人物，皆无异样；礼俗谈吐，俱如中原遗韵，无一处不显得名门正派字正腔圆。

台北几乎从来就没有追求过国际大都市的虚张格局，尽管它也有迪拜塔之前的亚洲第一高楼，但它依旧显得十分古旧。街道很窄，巷陌密集，楼房多数不新不高更不珠光宝气。满街多是轻型摩托飞驰，几乎看不见警察，但是人车却能井然有序地尊重红绿灯。地面很老，看不见任何一点烟头垃圾痰迹，也没有戴着袖箍的男女扫地或者罚款。这种古旧，像一个家道中落的老派贵族，低调而有教养地严守着规矩。即便是一领旧衣，穿出去依旧熨烫着折痕。

入夜的台北有着书卷中曾经熟悉的那份娴静与繁华。独自徜徉于那些南洋建筑风格的骑楼之下，张望着悬满街头的霓虹繁体字，有着突然置身于20世纪30年代上海滩的幻觉。这是一种被历史打断过的炎黄贵气，现世的荣华中一点儿也不闹热，没有浮夸的措大嘴脸。似乎清明上河的市井，就该有这样一份静好，十分的风流蕴藉，却都又显得像国画中的金碧山水——美在那半吐半露之间。

冬季到台北看雨的多是断肠人。撑一把伞小驻檐下，看台北的女人鱼群般飘过，那是你对民国最初的惊艳。问路抑或搭讪，会邂逅没有张皇迟疑的微笑；那近似吴侬软语的国语，透着从容自重和良善。大陆人道听途说的多是槟榔妹，那也只是台南才有的乡韵。且人家的露背露脐，还只为兜售新采的鲜果，而非推销你假想的俗艳。

近乎古肆的街角，斜搭了一处玻璃房，宽仅容膝一般。橱窗上零落着一些手工挂件饰品，散发出唐宋明清一样的雅致。女主人独自在几上编织她的黄昏，我擅自入座旁观。结绳缀玉的古老技艺，复活在她的纤纤十指上。笑是莞尔的，清浅且清纯，全无主顾来也的强作欢颜。问罢，只是低声叹一句——工艺美院毕业的，唉，沦落街头了。那一声唉，似乎道尽了沧桑。听我口音，知是陆客，便多了几句讯问。然后我走，复低头缀网劳蛛。前人说：道心如恒，无送无迎。指的约略便是这样的淡定。

奇迹是三天后我忽然接到宾馆总机的电话，说是有两位女子在大堂请我下去，讶然见到的竟然是她，手上拿着拙著说要签名。她说偶然听电台对我的访谈，辨出我就是那个薄暮的访客；好奇便买了我的书，遂读出了她的眼泪。然后便打听我的行止，竟然还能找见。之后她拿出精致的工艺盒，是她手刻的一方虎印，用精致的珠带连在一匹玉马上。她看书知道今年是我的本命年，说佩玉挂印可以驱邪魔。我知道那枚青玉价值不菲，却之又不恭，只好觍然收下。问罢芳名，原来竟然是本家姓氏，心底便认下了这个隔着海涯失散多年的妹妹，想象未来的两岸烽烟消尽之后，再喊她回家吃饭吧。

三

我们这一代对真实台湾的最初了解，大抵多由文艺而来。从邓丽君的歌侯孝贤的电影，到郑愁予的诗白先勇的小说。是这样一些偷听盗版和传抄，使我们渐渐确知，还有另外一些中国人在享受着另外一种温软生活，在抒写着另外一些明心见性的文字。

澎湖湾基隆港都是随歌声一起飘来的地名，忠孝东路淡水湾，从吉他的弦上延伸到我们的视角。一个海外孤悬的小岛，从罗大佑到周杰伦，润物有声地浸透着此岸两代人枯燥的心灵。尽管今日之台湾电影，似乎远不如大陆贺岁片卖座，但是重温侯孝贤那些散文电影，依旧会让那些擅长所谓盛典的导演相形见绌。

《恋恋风尘》是侯孝贤早期的叙事，讲述一对青梅竹马的男女，打小并不自觉于所谓的爱情。后来一起去城市打工，女孩的妈托付阿远，“你要好好照顾阿云，不要让她变坏了，以后，好坏都是你的人”。听着就温润的嘱托啊。阿远应征入伍了，阿云送给阿远的礼物是一千零九十六个写好自己地址姓名并贴好邮票的信封。结果是阿远退伍之前，阿云和天天送信的邮差结婚了。

看这个电影，我常常想起沈从文的小说《阿金》，一样不可捉摸的命运，透出悲凉的黑色幽默。

电影的外景选在基隆山下的小镇——九份；也正是这个电影，使这个寂寞无名的矿区，成为今日台北郊野的旅游胜地。这是大陆旅游团不会光顾的地方，我决定去这一陌生所在，是因为陪我去的，竟然就是电影的男主角——阿远的扮演者王晶文。

晶文兄应与我同代，岁在中龄却依旧如当年剧中人一般纯净腼腆，不似我这般顽劣。一个当年的明星，重返他使之扬名的古镇，却丝毫没有一点儿我们所习见的张扬，说话轻言细语，低调得生怕惊动了那个曲折深巷。在那早已废弃的乡村影院断墙上，依旧悬挂着多年前那幅《恋恋风尘》的著名广告——他扛着一袋米挽着阿云行走在矿山的铁轨上。但是已经没有人还能认出，他就是那个不知将被命运之轨带向何方的青年了。看着曾经的俪影，他低语说那个演阿云的姑娘，后来去了海外。

我很好奇他这个当年电影科班出身且早早成名的男人，怎么不再继续活跃于影视的名利场上。他说他就像那个男主角一样，演完电影就去金门岛服役了——这是当年台湾每个大学生都要完成的一段使命。他在金门，爱上了运动和写作，于是成为今天大报的体育记者，成为一个远离镜头灯光的自行车漫游人。

九份是日据时期一个废弃的金矿开采区，至今仍保留着浓郁的殖民特色。沿山蜿蜒的小街，俯瞰着海市蜃楼一般的基隆港，家家门脸都在经营着各色点心和特产，一样的喧哗却有着迥异于内地古镇的干净。我们去一个挂着《恋恋风尘》景点招牌的茶肆吃茶，古旧的桌椅恬静的茶娘，木炭火上温着的陶壶咕嘟着怀旧的氤氲。茶具和茶汤都那么好，只许一个好字，似乎其他皆难以形容。

没有人还能认出这就是当日少年，我们在两岸各自老去；

我们隔着几十年的政治烽烟，艰难地走到一起，温一壶中年的午后茶，像董桥所说那样沏几片乡愁，然后再迷失在海峡的茫茫之中。临别我说，我在云南的古镇茶肆，等你来骑车。我们多么渴望这是一个没有驱逐也不需签证的世界啊，我们这些大地上的漫游者，祖国的浪子，可以自由丈量自己的人生。

四

提到二十年前台湾《中国时报》的记者阿渡（杨渡），是我真正该要好好感谢和写一写的人物。一个文人像他那样参与并见证台湾政局的巨变，本身就是一个大时代的传奇。

十年前的一次北京国际书展，书商的我曾经在传说中刘亚楼的大宅院里，主办过一次冷餐派对，招待国际国内书界的朋友，阿渡便是那时随着沈昌文、郝明义先生进来的。人与人交往，我常常相信有一个气场。无论男女，我几乎用鼻子都能闻出谁将是我的朋友或者敌人。于是，我们一见如故了，那时的他，似乎还是时报的总主笔。

职业使得他不时出入大陆，每来总要给我带一瓶金门高粱；那是烈性燃料，总能在北京冬夜点燃我们的狂欢。那时台湾的媒体前辈大佬高信疆先生，也正好移居埋名于京城。这个像古龙一样的文侠颇负酒名，我们三人在一起的捉杯厮杀，常常呈现出月黑风高的壮烈。阿渡是80年代的诗人，在台湾没有解除戒严的时代，他也是著名的学领，经常组织民运反对专制，并因此频遭打压。

我们算同代人，对诗歌的激情往往带来对自由的渴望，以及对民主政治的参与热情。我们都在80年代初从大学走向社会，而那时的大陆和台湾，都一样处于松绑阶段。他在那时就开始参与他们的“党外刊物”运动，发起了向国民党独裁的挑战，而我们那时，却只敢油印诗刊吟风弄月。

阿渡远祖早在清朝中叶就从福建移居台湾，他也该算台中出生的“原住民”，却不是阿扁吕秀莲的同志——虽然反独裁的立场一致。台湾在各路人马的推进下，蒋经国终于决定在1987年7月解除戒严。这标志着独裁执政党在人民的施压下，决定自行主导的和平演变开始。报禁党禁顿开，炎黄子孙的一支终于迈向了真正划时代的民主征程。

民主时代的降临，并不意味着民运战士的退役。我曾经说过，民主是龙种，但也许会生出跳蚤。陈水扁时代的阿渡，我能想象他的苦笑和愤怒。连施明德这样的民进党人，最后都知道这不是他们曾经舍身追求的自由主义民主，阿渡这些和他们并肩战斗过的理想主义者，自然会再次成为脏污时代的批判者。

五

2006年台湾著名的“九九”倒扁运动爆发，民主再次显示了它的自我纠错功能。身患癌症的施明德率领百万红衫军走向街头，一场宣示以“礼义廉耻”为主题的群体行动，超越了蓝绿阵营的党争立场。是啊，政客无礼义，似乎还能想象，到了无耻之时，那就一定会被自己的人民所羞辱。

而那时，我因如云而南，久疏了阿渡的消息。但我在电视画面上，窥见了人群背后他的影子。他虽然只是一个清瘦的书生，一个在寻常日子里谦卑得近乎羞涩的男人，但是他有缘站在大时代的前列之际，一定会是忠于理想的战士。忠于纯净理想的人并没有固定的敌人，没有党派之别，谁玷污一个民族的正义之梦，谁就是他的敌人。

果然，后来他选择了重新支持他曾经的宿敌——国民党以拯救梦想。马英九先生锐眼灼灼，发现了这个合乎他的人品趣味的晚生，亲自介绍他加入了国民党，并很快简任为文传委主委。我们2008年在北京重逢时，他已经成功地帮马先生打赢了选战，被媒体誉为马府的文胆。

多少文人的梦想都是辅佐一代英主，以便入阁拜印实现生命的世俗价值。我向他恭贺并问他如何选择出处时，他平静得像只是参加了一次派对回来。他说他不打算入阁从政，我问为何，答曰从政了就不能自由出行了，也不能来大陆找我喝酒了。多么绝妙的想法，深得我心，我立马表示了支持。和朋友喝酒，这才是我辈在今生的正事。只要能收获一个清明民主的时代，可以容下我辈的性情文章，即便天子呼来，自古也是有不上船的传统的。

早在 1967 年我们大革文化命之时，蒋中正先生决定要以一岛之孤，赓续中华文化命脉。因而成立了中华文化复兴总会，例由“总统”担任会长，秘书长负责事务。到了解严时代，这个总会改为了民间社团法人，但会长依旧由历届“总统”担任——但这已经不是政府组织了。马英九入府之后，将秘书长聘书送到了阿渡面前。这时名称已经被阿扁的“去中国化”时代改为了“国家文化总会”，出于对两岸文化交流的兴趣，他欣然接受了这一使命。也因为这一民间身份，至今他仍然可以和我推杯换盏了。

六

早在国民党军队溃退彼岛之时，就有知识界领袖胡适和政界高官雷震等联手，创办了《自由中国》杂志。而金岳霖的弟子，我们鄂省乡贤殷海光先生，正是凭借这个阵地，而成为 50

年代台湾的民运教父。

国民党政府因为战败，觉得有必要控制意识形态和民众生活而宣布台湾戒严，这一可悲的军管时代竟然长达三十几年，可谓人类政治生活的奇观。在那个时代，民运人士可以遭到军事法庭审判，也因此发生了许多臭名昭著的判例。

比如出版书刊，台湾民间从来就允许，只是规定印刷出来之后要审查，违法了要惩处。如果还没有装订成册，军警都只能等在印刷厂外面。80年代的阿渡他们搞“党外刊物”运动时，就可以组织弟兄和军警一起等在印厂外面，书刊一出来，双方就开始像橄榄球运动一样拼抢，抢到手的就拿出去私卖。根据两岸的历史来看，1987年之前并无本质差异。但是具体对待挑战的做法，却又有差别。1979年的台湾，曾经爆发了著名的“美丽岛事件”，集会群众在施明德、吕秀莲等人的鼓动下，与军警严重冲突。施明德是曾经在金门策划军事政变而被判十五年刚出狱的累犯，这次极有理由判死刑。但是蒋经国先生在海内外舆论影响下，终于决定公开审理，允许媒体现场报道和律师辩护，并邀请岛内著名学者精英旁听。陈水扁和谢长廷就是因为这次辩护而从此步入政坛的。

台湾“清华大学”前校长沈君山就是旁听者之一，蒋经国召见他询问对此案的处置意见时，他斗胆直言云——不宜流血，因为流血制造烈士，影响国际视听。我们终究要在这块土地上生活，血流进土地，再也收不回来。要以德化怨，以理释惑，以法制暴——就是这样一些忠勇善良的幕僚的犯颜进谏，挽留了台湾的民主火种。

当我和阿渡踟蹰在台北街头，目睹艰难奋争得来的看不见军警的和平市井，遥望弥漫的夜色我清泪盈眶。他们在那一审判之后四年多，就由李登辉特赦了所有无辜者。施明德拒不出狱，他不要特赦，他要宣判无罪，他们终于获得了无罪改判。

七

淡水河是台北周边的主要水流，据说有一道临河小街蜿蜒在水岸边，是一个休闲去处。南方社的于雯带着我打了一个挂着台湾省车牌的的士径奔而去，我想要去了解一下台湾独立书店的运作状况。

台北的的士司机似乎不少老人，好奇便一路闲话。他说在台湾没有出租车公司，都是个体经营。只要不超过六十五岁，都可以去考出租车牌照，考到了便可以运营，而且政府不征收任何管理费，甚至所有的税全免。我问为何要免税，那都去开出租，市场不乱了吗？他说目前经济不好，政府要解决就业率，于是就出台这些鼓励性政策。至于都来跑出租也不可能，因为车多了，生意自然就下滑，大家就会退出，看来一切都是市场可以调节的。对他们而言，实在无法想象大陆那种把车牌发给某些公司，由公司再来盘剥司机的事情。淡水小镇的河边，坐满了闲人。河水清且涟漪，排列了无数钓竿。满街卖小吃的，地上却一点儿污渍也无。一家小书店取名叫有河，就寂寞地坐落在一个铺面的二楼上。沿着狭窄的楼梯上去，很小的空间装置得十分雅致舒服。一看那些书，就知道这家主人的趣味——他们只卖文学、电影和生态旅游之类的书籍，而且排满了很多书店拒绝出售的诗集。

有河的老板叫詹正德，也是个作家，其妻是诗人。一对神仙眷侣，就这样偕隐在此古老河岸的寻常巷陌之中，收养着几只流浪猫，然后为这个世界越来越稀少的文艺读者准备着过夜的食粮。我的书有幸也在他们案头，他拿出一本请我签名，令我内心温软。书架上也有不少大陆原版书，两岸在艺文方面，其实原是可以彼此知音的。

独立书店是区别于其他连锁书店的一种个性卖场，早在戒严时期就为台湾的民运发挥过巨大作用。他们的货源纯粹来自自己的采购，不接受那些中盘商的配送。台湾人口太少，书业不算太兴旺。最大的诚品书店连锁，倒是游人如织。以人口比例来看，比大陆爱书的人还是要多一些。因为人人皆可登记出版社，一些社有好的选题就出，没有就闲着，倒也不存在格外的亏损和债务。

坐在有河书店的露天阳台上，端着一杯浓香的咖啡俯瞰逝者如斯的河流，内心忽觉怅然。故国河山无数类似的古镇水涯，都曾容留过我的倦足。沧浪之水，清浊有别，而河清海晏的日子，我们却至今未曾见着。

八

罗大佑率领的纵贯线组合从台北首演出发，在世界巡回一年之后，刚好又回到台北做最后的告别演唱。然后，他们就解散了。我们这一代是唱着罗大佑的歌走过来的，阿渡说——我们也去告别一下这个时代吧。于是我们就坐上了嘉宾席。

像这样的流行音乐演唱会，一般来说都是年轻人的盛宴。但是那夜，我看见主要的座席，多是被中年夫妻占据着。许多阿渡的老友邂逅于此，彼此寒暄仿佛共同在挥别青春轩昂的岁月。我看见他帅气沉稳却已鬓角染霜，想象当年这个台中山区的农家孩子，也曾有过和我一样的苦难童年。那时他父母因为负债欠税而不得不四处躲藏，甚至母亲也曾入狱，他不得不小小年纪就提篮探监。

他的青春时代是左翼的自由主义者，当我们在此岸偷偷阅读胡适之时，他在台北的独立书店和图书馆到处寻找《资本论》和鲁迅。我们都怀抱着改造世界的梦想去都市求学，都不约而同地选择了诗歌作为最初的壮阳药。

罗大佑的一些老歌，时不时让我鼻根发酸。童年没了，隔壁班的小女孩没了，皇后大道东依旧还游行着手捧灯盏的纪念或抗议队伍。龙应台先生一句话——请用文明来说服我。面对此语，稍有人味的就知道该为如此强国而脸红。

纵贯线演出结束，大家兴犹未尽，便去街边夜酒。“纵贯线大哥”在台湾几乎是家喻户晓的黑帮词语，专指那些超帮派南北通吃的角头大佬。刚才张震岳不时在台上说，跟着几位纵贯线大哥走世界很有趣，学到了很多东西。台上台下就一起会心地笑。恰好和我对酌薄酒的一位兄台，就是前著名大佬。看他儒雅谈吐，端坐如山，隐然另有一份江湖舵爷的厚重，问起来竟然也是台大的出身，不禁心生敬意。一晃都到了白发江湖忆旧游的时光，眼前的江湖还在，而心底的江湖却渐渐冰封了，剩下的似乎只是无边的寒意荡漾。

九

次日就要辞别台湾了，书展的沙龙活动安排了我和阿渡的一个对话，香港作家老友陈冠中、“自由亚洲电台”梁冬兄等皆来捧场。邂逅了梁文道和台湾著名作家张大春，彼此一番惺惺相惜；感谢梁兄在节目中推介拙著，相约北京酒聚。有时常想，这个世界其实真小，该要相识的注定就要相逢。

晚上的饯行酒局在一个深巷小店里，阿渡说这是全台北最好的卤肉饭吃点，他前些日带马悦然也是在这里大快朵颐。卤肉饭是台湾的一种民间美食，味道确实不错。书展基金会主席林载爵先生和大奖评委陈浩兄也来对酌，我的老友台湾出版界大佬郝明义也坐着轮椅赶来，陈冠中和胡忠信以及时报的杨泽兄皆一起来凑兴。一番觥筹交错，我不禁有了几分薄醉。

宴罢酒兴未阑，大家又一起去邻家一个朋友的独立书店青康藏书房品茶。主人何新兴也是性情中人，再开两瓶红酒火上浇油。这样的燕聚，也算是民间的两岸三地吧。因为一场文字缘，就这样五湖四海地会合了。那一刻，在我们心中，应该早已没有那道伤口般的海峡了。

别了，台北；别了，民国。梁园虽好，我只是过客。我不想留下，虽然你是我外祖大舅流血奋斗过的社会。正如英国诗人彭斯诗云——我的所爱在高原，这里没有我的心。我的祖坟犹在，我的慈母未回，我今生今世就算是在长夜守望星星，我也要等到黎明。

我毅然走向机场的时候，加缪的声音从天空隔着一个世纪传来：流放者终将归来……为的是重新经受考验并且得到他应该拥有的东西——他田亩里的微薄收入，对这块土地的短暂爱情。从一个人诞生开始，他就必须留下时代和他青春的狂怒……经过几代人的努力，我们必将重造一个什么也不驱逐的世界！

图书在版编目（CIP）数据

身边的江湖 / 郑世平著. —广州：广东人民出版社, 2013.9
ISBN 978-7-218-08735-1

Ⅰ. ①身… Ⅱ. ①郑… Ⅲ. ①散文集—中国—当代Ⅳ. ①I267

中国版本图书馆CIP数据核字（2013）第140348号

Shenbian de jianghu
身 边 的 江 湖
郑世平 著

出 版 人：曾 莹

责任编辑：肖风华 梁 茵 钱飞遥
监 制：于向勇 康 慨
特约策划：赵 辉
封面设计：牧 牧
营销编辑：刘菲菲 孙玮婕

出版发行：广东人民出版社
地 址：广州市大沙头四马路10号（邮政编码：510102）
电 话：（020）83798714（总编室）
传 真：（020）83780199
网 址：http://www.gdpph.com
印 刷：北京鹏润伟业印刷有限公司
书 号：ISBN 978-7-218-08735-1
开 本：860mm × 1200mm 1/32
印 张：8 字数：150千
版 次：2013年9月第1版 2017年11月第4次印刷
印 数：1—40000册
定 价：32.00元

质量监督电话：010-59096394
团购电话：010-59320018